CW01506787

Madame de Genlis

La Femme auteur

ÉDITION ÉTABLIE ET PRÉSENTÉE
PAR MARTINE REID

Gallimard

PRÉSENTATION

La nouvelle que l'on va lire a été écrite sous le Consulat par une femme d'une soixantaine d'années que venaient régulièrement saluer à la bibliothèque de l'Arsenal à Paris, où elle résidait alors, hommes de lettres, artistes et figures intellectuelles du temps : à leurs yeux, Stéphanie-Félicité Du Crest, comtesse de Genlis, représentait un monde désormais disparu, celui de la grande aristocratie d'Ancien Régime ; elle continuait aussi d'incarner avec une rare énergie la femme pédagogue, musicienne remarquable et auteur à succès. « Il faut avoir passé comme moi de longues années dans sa société, écrira Charles Brifaut, dramaturge et académicien, pour comprendre toute la séduction qu'elle exerçait, toutes les magiques ressources de son esprit, ce Protée aux mille formes, tous les dons de plaire qu'elle avait puisés dans une riche et complaisante mémoire, dans une imagination intarissable. »

Née en 1746, celle qui signera la plupart de ses ouvrages du nom de « Madame de Genlis » est d'abord une enfant vive et intelligente qu'un réel talent de harpiste fait exhiber dans les salons comme un prodige. Mariée très jeune à un riche aristocrate, présentée peu après à la cour de Louis XV, elle séduit par sa beauté, ses multiples curiosités intellectuelles, ses talents divers — elle est notamment l'auteur de proverbes, de poésies de circonstance et de pièces de théâtre de société. À trente et un ans, Mme de Genlis décide pourtant de quitter le monde pour une petite maison de la rue Saint-Dominique, voisine du couvent de Bellechasse. Elle s'y consacrera à l'étude et à l'écriture tout en élevant ses enfants et les deux fillettes de la duchesse d'Orléans d'une manière entièrement nouvelle. Disciple de Rousseau (non sans réserves), elle entend former le corps autant que l'esprit, allier le savoir à l'observation, les mathématiques à l'histoire et à la grammaire, une connaissance réelle des langues étrangères à celle du français le plus pur. Mme de Genlis donne sans doute l'aperçu le plus original de ses théories pédagogiques dans son roman *Adèle et Théodore ou Lettres sur l'éducation*, qui connaît en 1782 un succès considérable et la consacre définitivement comme « femme auteur », ainsi qu'elle se nomme elle-même. D'Alembert lui propose un siège à l'Académie française à condition qu'elle quitte le parti des dévots. Elle refuse et se brouille à jamais avec « les philosophes ». Peu de temps après, elle est officiellement nommée « gouverneur » des enfants d'Orléans.

La Révolution vient mettre un terme à cette expérience exceptionnelle. En exil à partir de 1793, Mme de Genlis gagne sa vie en publiant. Principalement occupés d'amour et de morale comme le veut la mode du roman sentimental venue d'Angleterre, ses romans, contes et nouvelles se succèdent à bon rythme ainsi que des essais, des manuels et des ouvrages « pratiques ». De retour en France en 1800, Mme de Genlis retrouve une société bouleversée et poursuit ses activités de femme de lettres, ne dédaignant pas la littérature à l'usage de la jeunesse. Le mélange d'idées nouvelles et de relatif conservatisme qui pouvait s'entendre dans les écrits d'avant 1789 a peu à peu fait place à une pensée plus rigide, notamment à une défense militante du christianisme contre l'héritage des philosophes. La Restauration confirme Mme de Genlis dans ces vues. Elle meurt alors que l'un des enfants qu'elle a élevés à Bellechasse, Louis-Philippe d'Orléans, monte sur le trône. Ce dernier lui rendra hommage dans ses *Mémoires*, soulignant l'éducation « très démocratique » qu'il a reçue.

Dans *La Femme auteur*, Mme de Genlis met en scène deux sœurs ; Natalie a la passion d'écrire, ce dont Dorothée, son aînée, l'invite à se méfier. Un jour, pour tirer financièrement d'embarras de pauvres gens, Natalie publie l'un de ses manuscrits. C'est la gloire soudaine et le début de ses malheurs. Bientôt abandonnée par l'homme qu'elle aime, la femme auteur se trouve sujette aux attaques les plus violentes, aux soupçons les plus injustes. Elle finit seule, ruinée par la Révolution, payant fort cher la dangereuse célébrité qu'elle avait cru bon de troquer contre la félicité d'une vie simple et obscure.

La Femme auteur est d'abord une nouvelle sentimentale comportant comme il se doit une analyse du sentiment amoureux dont les menus événements (regards, soupirs, attentes, entrevues, lettres et poèmes, don de portrait) rythment la vie des personnages. Mme de Genlis sème son propos de maximes et parle en « connaisseur du cœur humain », non sans finesse. Des activités de la haute aristocratie, celle qui fréquente le Versailles de Louis XVI et passe de fêtes en bals, de réceptions en spectacles à l'Opéra, elle offre un portrait fugace mais juste. Elle rappelle aussi les multiples contraintes d'un monde où la conduite des femmes est inlassablement observée, commentée, admirée ou blâmée, redoutable tyrannie

10

de l'opinion qui muselle les comportements autant que les sentiments, et peint, la chose est assez rare pour être soulignée, une relation entre femmes où l'amitié et le respect l'emportent sur le sentiment amoureux qu'elles nourrissent à l'égard du même homme.

Mme de Genlis semble par ailleurs donner de la carrière d'écrivain une vision assez négative. Son héroïne finit victime de sa notoriété et son goût pour le roman se voit cruellement puni. Toutefois, plusieurs détails de cette nouvelle sont d'ordre autobiographique. On les retrouve dans les propres *Mémoires* de l'auteur : elle-même a commencé à publier pour aider une famille condamnée à payer une lourde amende ; sa tante a composé une comédie qu'elle a préféré attribuer à quelqu'un d'autre afin de ne pas entacher sa réputation. Mme de Genlis s'est également vue l'objet de critiques autant que de louanges et a subi, durant l'émigration, de vives attaques du fait de ses publications. Natalie est ainsi son double romanesque, sa sœur en écriture. « Il est beaucoup plus doux, pour le cœur et pour l'esprit, de faire un roman, que d'écrire sa propre histoire, a rappelé la voix narrative au centre de la nouvelle. (...) En composant un roman, on peut, sans avoir le vain projet de faire son portrait, se peindre vaguement de mille manières. »

« La gloire pour nous, c'est le bonheur ; les épouses et les mères heureuses, voilà les véritables héroïnes », déclare la sage Dorothée. En opposant ainsi le bonheur des vertus domestiques au malheur d'une « publicité » littéraire de mauvais aloi, Mme de Genlis reprend un argument traditionnellement formulé contre l'entrée des femmes en littérature : quand elles écrivent, celles-ci sont accusées d'abandonner leur rôle d'épouse et de mère, dès lors de ne plus mériter le respect qui leur est dû, de devenir des femmes « publiques » dans tous les sens du terme : « Tout le monde vous connaît comme moi », dira Germeuil à la femme qu'il aime devenue auteur. Malheur donc à celles qui quittent le cercle étroit de la vie privée. Mme de Genlis en est convaincue, qui parle d'« imprudence » dès les premières lignes de son récit ; Mme de Staël pense de même, qui déplore dans *De la littérature* (1800) la condition de « paria » faite aux femmes « qui cultivent les lettres » et qui en offre une démonstration éclatante dans son roman *Corinne ou L'Italie* (1807).

Sur les femmes auteurs, Mme de Genlis revient à deux reprises — pour les défendre : d'abord dans *De l'influence des femmes sur la littérature française comme protectrices des lettres et comme auteurs* (1811), ensuite dans ses *Mémoires* (1825) : « Enfin, demande-t-elle dans les pages

qui terminent le tome 6, pourquoi serait-il inter-
dit [aux femmes] d'écrire et de devenir auteurs ?
Je connais tous les raisonnements qu'on peut opposer à cette espèce d'ambition, je les ai moi-
même employés jadis avec ce sentiment de justice
qui fait souvent pousser l'impartialité jusqu'à
l'exagération ; maintenant, à la fin de ma carrière, je puis à cet égard parler plus librement. »
Elle insiste alors sur l'inégalité de traitement ré-
servé aux hommes et aux femmes dans ce domaine,
fait l'éloge de la littérature féminine (elle salue notamment les romans de Mmes de Staël, Cottin,
Riccoboni et de Souza, ses contemporaines), plaide
pour l'éducation des jeunes filles, imagine enfin
une société dans laquelle les femmes pourraient
avoir un rôle d'auteurs et même de critiques littéraires, si tel était leur bon plaisir. Voilà une
autre révolution en marche à laquelle la vieille
ennemie des philosophes, injustement oubliée
aujourd'hui, a cette fois généreusement participé.

MARTINE REID

NOTE SUR LE TEXTE

La Femme auteur figure dans le tome troisième des *Nouveaux Contes moraux et nouvelles historiques*, publié à Paris, chez Lecointe et Durey, libraires, en 1825 (pp. 45-132).

Le texte que nous reproduisons est conforme à cette édition. Seule la graphie, ainsi que quelques particularités typographiques, a été modernisée.

LA FEMME AUTEUR

Il est deux manières de donner de bons conseils ; l'une en disant : « Faites ce que j'ai fait, je m'en trouve bien » ; l'autre, au contraire, en disant : « Ne faites pas ce que j'ai fait ; car je reconnais que j'ai commis une imprudence. » Dans le premier cas, on parle avec autorité, c'est la sagesse qui commande. Dans le second, c'est le repentir qui fait humblement un aveu ; mais la leçon n'en est pas moins utile, elle est donnée aussi par l'expérience…

Dorothée et Natalie, deux sœurs, orphelines dès leur enfance, furent élevées ensemble dans un couvent, à Paris. Elles prirent l'une pour l'autre une tendresse qui s'accrut avec les années, et qui fit le charme de leur première jeunesse.

Dorothée, plus âgée de quatre ans que sa sœur, se maria la première. Elle avait vingt ans ; et ne pouvant se résoudre à se séparer de Natalie, elle l'emmena avec elle. Natalie, au bout de six mois, épousa un vieux militaire, parent de son beau-frère.

Les deux sœurs se ressemblaient par les agréments et les qualités du cœur et de l'esprit ; mais ce rapport ne se trouvait point entre leurs caractères. Dorothée joignait à l'élévation, à la force de l'âme, une extrême prudence dans le caractère ; cette réunion produira toujours les conduites parfaites. Elle avait toutes les qualités utiles que donne nécessairement la circonspection à une personne spirituelle ; la noblesse de ses sentiments la préservait des craintes pusillanimes. Également incapable d'une lâcheté ou d'une étourderie, elle savait prendre avec courage, lorsqu'il le fallait, une résolution périlleuse ; mais jamais, sans un intérêt de devoir ou de sentiment, elle ne s'exposait au moindre danger ; la témérité n'était pour elle que de la grandeur, de l'héroïsme, et ne fut jamais une folie. Elle fit toujours servir son esprit à ses véritables intérêts, car elle connut que c'était aussi l'employer pour le bonheur de ceux qu'on aime ; tous les dons de la nature lui furent utiles : la sensibilité la rendit fidèle à ses engagements, généreuse dans ses procédés ; la pénétration la préserva des pièges de la duplicité, l'imagination lui donna la prévoyance ; elle profita de toutes les faveurs de la fortune, elle sut trouver de grandes ressources dans l'adversité.

Natalie, avec de l'esprit et de l'élévation dans l'âme, était néanmoins très inférieure à sa sœur. Elle avait cette sensibilité et cette flexibilité d'organisation qui produisent la diversité des talents, mais qui ne sont pas sans inconvénient pour le caractère ; une extrême curiosité, de la facilité pour apprendre la rendaient capable de se livrer à des études sérieuses ; un goût passionné pour les arts lui faisait aimer tous les amusements frivoles. La variété de ses occupations donnait à sa conduite l'apparence et les résultats de l'inconstance ; elle voulut apprendre un si grand nombre de choses, et cultiver tant de talents, qu'elle n'eut jamais la possibilité de réfléchir et de travailler sur elle-même. Pour s'épargner la peine de se corriger de ses défauts, elle se persuada qu'elle pourrait les compenser en exaltant ses vertus, elle ne parvint qu'à gâter ses bonnes qualités par l'excès qui les fait dégénérer ou qui les rend dangereuses. Elle poussa le désintéressement jusqu'à la folie, et la générosité jusqu'à la duperie ; sa bonté devint de la faiblesse, son courage ne fut plus que de la témérité, sa franchise que de l'imprudence, et sa bonne foi qu'une crédulité ridicule. Une sensibilité excessive lui rendit inutiles la finesse et la pénétration de l'esprit. Elle ne connut jamais bien les personnes qu'elle aima, et elle se fit de leur attachement pour elle l'idée la plus romanesque et la plus exagérée. Enfin, Natalie, par son naturel et sa gaieté, par sa simplicité et sa bonhomie, plaisait à ceux qui vivaient habituellement avec elle ; mais ne sachant ni se contraindre, ni s'ennuyer de bonne grâce, elle choquait souvent, par des saillies imprudentes, ceux qui la rencontraient. Moqueuse avec les gens ridicules, distraite et silencieuse avec les sots, elle se fit un grand nombre d'ennemis ; elle n'éprouva pas ce malheur dans les premières années qu'elle passa dans le monde ; elle était timide et réservée ; on ne connut d'elle, d'abord, qu'un extérieur agréable et des talents brillants ; elle n'était point coquette ; elle n'avait aucun désir de montrer de l'esprit, car elle examinait avec tant de curiosité tout ce qui l'entourait, elle se livrait avec un tel plaisir aux différents amusements de la société, elle trouvait le bal si gai, la comédie si intéressante, l'opéra si beau, elle admirait tant l'éclat de la magnificence des fêtes de la cour, qu'elle s'oubliait absolument elle-même. On la jugea favorablement, elle fut accueillie, recherchée dans le monde, chérie dans sa famille ; ce temps fut le plus heureux de sa vie. Malgré le goût qu'elle montrait pour la dissipation, elle en avait un plus vif encore pour la lecture et pour les occupations sédentaires. Elle écrivait depuis son enfance ; à vingt ans elle avait déjà fait des comédies, des ouvrages de morale et des romans ;

mais elle s'en cachait. Dorothée seule était dans sa confidence. Tout à coup, Natalie se renfermant chez elle, cessa presque entièrement de faire des visites et de paraître dans le monde ; ses parents et ses amis s'en plaignirent ; Dorothée eut à ce sujet une explication avec elle. Comme elle lui demandait pourquoi elle s'était si subitement dégoûtée du monde : « Ce n'est point dégoût, répondit Natalie, je m'amuse toujours dans la société quand je m'y trouve, mais je me plais mieux encore dans mon cabinet ; écrire est pour moi une occupation délicieuse.

— Prenez garde, Natalie, de vous livrer imprudemment à cette passion...

— Eh pourquoi ? en est-il de plus douce, de plus innocente, et de plus facile à satisfaire ? Je n'ai que vingt ans, mais j'ai déjà assez réfléchi pour connaître et pour sentir avec effroi combien tout ce qui nous attache est fragile. Nous occupons si peu d'espace, nous parcourons une carrière si bornée, et la mort peut nous arrêter au commencement de notre course !... Ah ! je veux laisser à l'amitié des souvenirs durables ; je veux lui laisser la meilleure partie de moi-même, mes opinions, mes sentiments, mon esprit et mon âme. Tout ce que nous faisons dans la journée est fugitif, est emporté par le temps, et pour jamais englouti dans l'éternité... De la romance que j'ai chantée, de la sonate que j'ai jouée sur la harpe, rien ne reste ; ces plaisirs qui ne laissent aucune trace ressemblent trop à des illusions, il m'en faut d'autres.

— Mais j'espère, ma chère Natalie, que vous n'aurez jamais la tentation de faire imprimer vos écrits ?

— Je puis vous assurer, avec vérité, que je n'en ai ni le projet ni le désir.

— Tant mieux.

— Je sens à cet égard une répugnance que je crois invincible. Mais, loin qu'elle soit raisonnée, il me semble qu'elle n'est fondée que sur ma timidité naturelle et sur des préjugés.

— En y réfléchissant, vous sentirez que cet heureux instinct est parfaitement d'accord avec la raison.

— Pourquoi ? si par la suite je devenais capable de faire des ouvrages utiles à la jeunesse, à la religion et aux mœurs, ne serait-ce pas un devoir de les rendre publics ?

— Si par un goût bizarre, vous aviez fait une étude approfondie de l'art militaire, que vous eussiez un grand courage et le génie de Turenne[1], vous croiriez-vous obligée de vous *travestir* en

1. Henri de La Tour d'Auvergne, vicomte de Turenne (1611-1675), maréchal de France, parangon du grand militaire et du fin stratège (*Toutes les notes sont de l'éditeur*).

homme, afin d'aller vous enrôler parmi des guerriers ?

— Je vous entends : vous pensez qu'une femme, en devenant auteur, se *travestit* aussi, et *s'enrôle* parmi des hommes.

— Oui, des hommes qui combattent aussi, qui attachent un prix infini à la victoire, et qui ne souffriront jamais qu'un *intrus* s'avise de leur disputer les lauriers qu'ils veulent cueillir. Quel est le premier charme d'une femme, quelle est sa qualité distinctive ? la modestie. Quelle que soit la pureté de sa conduite et de ses sentiments, est-elle encore l'honneur et le modèle de son sexe, lorsqu'elle dit avec éclat à l'univers entier : "Écoutez-moi ?…" Songez-vous que dans un petit salon vous blâmerez la femme qui parlera trop haut, qui aura un ton tranchant, ou seulement des manières trop décidées. Vous voulez qu'une douce teinte de timidité soit, à tout âge, répandue sur sa personne entière, et modère tous ses mouvements, amortisse l'éclat de sa gaieté, réprime jusqu'à l'expression de sa sensibilité ; vous voulez qu'elle ne paraisse qu'avec l'air de craindre de se montrer, et que, lorsqu'on la regarde fixement, elle rougisse, ou que du moins elle baisse les yeux. Comment concilier tout ce mystère de délicatesse et de grâce, ce charme intéressant d'une douceur enchanteresse et d'une pudeur touchante, avec des prétentions ambitieuses et l'éclatante profession d'auteur ?

— Doit-on trouver de l'orgueil, de l'ambition, dans le simple désir d'offrir quelques idées utiles ?

— Faire imprimer un ouvrage, n'est-ce pas dire (au moins) : "Je le crois bon, je crois que mes pensées sont dignes de circuler dans l'univers entier, et de passer à la postérité" ? Voilà ce qu'on nous a dit ingénument dans des millions de préfaces ; et quand le bon goût empêche de s'exprimer ainsi, le public n'en connaît pas moins l'opinion de l'auteur.

— Je vous assure cependant que si je me faisais imprimer, je n'aurais nullement de mes ouvrages une telle idée.

— Qu'importe ? on vous la supposerait ; on en aurait le droit. On pardonne aux hommes cette présomption, mais comment la tolérer dans une femme ?…

— Faut-il donc conclure que c'est un malheur d'être femme ?

— Le pensez-vous ?

— Oh ! non…

Le ciel a fait pour moi le choix que j'aurais fait[1].

---

1. Mme de Genlis cite un vers de l'acte IV, sc. 5 de *Mélanide* (1741) de Pierre-Claude Nivelle de La Chaussée. Elle donnera ce prénom à l'un des personnages de la nouvelle.

Quand je songe aux fatigues et aux périls de la guerre, aux profondeurs de la politique, à l'ennui des affaires, je bénis la Providence qui ne nous a formées que pour être la consolation ou la récompense de ces terribles agitations et de ces grands travaux.

— Je pense comme vous. La condition des femmes est, ainsi que toutes les autres, heureuse quand on a les vertus qu'elle demande ; malheureuse, quand on se livre aux passions violentes, à l'amour qui nous égare, à l'ambition qui nous rend intrigantes, à l'orgueil qui nous corrompt et nous dénature. L'homme qui désirerait être une femme serait un lâche, la femme qui voudrait pouvoir devenir un homme ne serait déjà plus une femme.

— Oui, nous ne devons pas nous plaindre, notre sort est fait pour être si paisible, nos devoirs sont si doux !...

— Ne faites donc jamais imprimer vos ouvrages, ma chère Natalie ; si vous deveniez auteur, vous perdriez votre repos et tout le fruit que vous retirez de votre aimable caractère. On se ferait de vous la plus fausse idée ; en vain vous seriez toujours la bonne, la simple Natalie ; vos amis n'auraient plus avec vous cette aisance et cet abandon qui naissent de l'égalité ; ceux qui ne seraient pas de votre société vous supposeraient pédante, orgueilleuse, impérieuse, dévorée d'ambition, ils le diraient du moins ; et tous les sots pour lesquels l'esprit est toujours un tort répéteraient de tels discours avec tant de plaisir et de crédulité !... Vous perdriez la bienveillance des femmes, l'appui des hommes, vous sortiriez de votre classe sans être admise dans la leur. Ils n'adopteront jamais une femme auteur à mérite égal, ils en seront plus jaloux que d'un homme. Conservons entre eux et nous ces liens puissants et nécessaires, formés par la force généreuse et par la faiblesse reconnaissante : quel serait notre recours, si nos protecteurs devenaient nos rivaux ! Ils ne nous permettront jamais de les égaler, ni dans les sciences, ni dans la littérature ; car, avec l'éducation que nous recevons, ce serait les surpasser. Laissons-leur la gloire qui leur coûte si cher, et que la plupart d'entre eux n'acquièrent qu'au prix de leur sang. La gloire pour nous, c'est le bonheur ; les épouses et les mères heureuses, voilà les véritables héroïnes. »

Cet entretien affermit Natalie dans la sage résolution de ne jamais publier ses ouvrages, mais elle ne perdit rien de son ardeur pour l'étude et de son goût pour écrire.

Quand on satisfait une véritable passion, on peut facilement se passer de renommée ; Natalie ne connaissait point encore les inconvénients de la célébrité, mais elle ne la désirait point ; elle cultivait ses talents pour son amusement, sans avoir jamais songé à les employer comme un moyen de briller ; dans la conversation, elle s'animait si on l'intéressait, mais sans avoir le dessein de montrer de l'esprit ; elle était aimable avec ceux qui lui plaisaient, elle était nulle avec les autres ; elle écrivait, comme elle causait et comme elle jouait de la harpe, uniquement pour son plaisir. Elle faisait tout par goût, elle ne faisait rien avec projet ou prétention.

Natalie entrait à peine dans sa vingt-deuxième année, lorsqu'elle perdit son mari. Elle passa dans une terre les six premiers mois de son veuvage. Des affaires la rappelèrent à Paris. Lorsque son deuil fut fini, elle reparut dans le monde ; s'y remontrer jeune, veuve et jolie, c'était presque un début. Les hommes non mariés avaient avec elle une galanterie moins réservée, et des prétentions différentes ; elle-même avait un autre ton, moins de timidité, plus de naturel encore, et des manières plus franches.

Natalie revit dans le monde un homme qu'elle connaissait très peu, mais qu'elle avait toujours rencontré avec plaisir. Il s'appelait Germeuil ; sa figure était charmante, on le citait comme l'homme de la cour qui joignait le meilleur ton aux manières les plus agréables. C'était alors un véritable éloge ; on ne pouvait le mériter sans avoir beaucoup de finesse, de délicatesse et de goût. Germeuil avait un attachement connu, dont la violence et la durée ajoutaient à l'intérêt qu'il inspirait d'ailleurs par son caractère, par les grâces de son esprit et de sa personne. Depuis quatre ans il aimait éperdument la comtesse de Nangis, l'une des plus belles femmes de la cour, et d'une conduite si parfaite, que l'on convenait unanimement que Germeuil ne devait encore à sa constance que la certitude d'être aimé ; mais en rendant cette justice à madame de Nangis, on n'en était pas moins persuadé qu'elle finirait par céder au sentiment qu'elle n'avait pu ni vaincre ni dissimuler.

Natalie fut passer quelques jours à la campagne, chez une de ses amies. Elle y trouva Germeuil, qui devait en partir le lendemain. Le soir, il se mit à table à côté d'elle. Natalie, naturellement réservée avec les jeunes gens de l'âge de Germeuil, n'éprouvait avec lui aucune sorte d'embarras ; l'attachement qu'on lui connaissait pour madame de Nangis ne permettait à aucune autre femme de lui supposer les prétentions qui doivent toujours causer une sorte de gêne à celle qui les fait naître, alors même qu'elles ne déplaisent pas.

Natalie, toujours aimable lorsqu'elle était parfaitement à son aise, le fut surtout ce soir-là. Germeuil la regardait et l'écoutait avec étonnement ; il ne concevait pas que, l'ayant rencontrée plusieurs fois, il n'eût pas éprouvé plus tôt la même impression. Germeuil aimait passionnément la musique, il chantait agréablement. Il témoigna un vif désir d'entendre Natalie, mais sa harpe n'était pas montée ; elle pressa Germeuil de rester les deux jours suivants ; il y consentit. On fit beaucoup de musique, de longues promenades, et jamais Natalie ne parut si gaie, si brillante. Parmi les femmes qui composaient cette société, Mélanide était la moins aimable, et l'une des plus remarquables par son esprit ; mais personne encore n'avait poussé plus loin l'enivrement et l'aveuglement de l'amour-propre, ce qui entraîne le défaut de goût, et produit toujours les ridicules les plus saillants. Avec des traits et une taille hommasses, Mélanide ne pouvait se trouver jolie, mais elle se persuadait qu'elle était belle, et, d'après cette opinion, elle avait toute la recherche de parure, toutes *les mines* d'une coquette uniquement occupée de sa figure. Il y avait dans sa personne et dans ses manières quelque chose de si affecté, de si bizarre, que dès qu'elle paraissait tous les yeux se fixaient sur elle ; et prenant alors l'étonnement et la curiosité pour de l'admiration, elle se disait tout bas : « Nulle femme ne produit cet effet » ; et cette comique illusion de son orgueil était parfaitement exprimée par *la mâle assurance* de son maintien, par son air intrépide et conquérant. Elle ignorait que les hommes qui aiment le mieux les femmes ne regardent jamais fixement celles qui sont jeunes, jolies et modestes ; la galanterie, à cet égard, ressemble à l'amour ; elle craint de blesser et de profaner son objet, elle n'ose le contempler qu'à la dérobée, et c'est ainsi qu'en admirant la beauté, elle rend hommage à la pudeur. Mélanide avait infiniment d'esprit, mais un esprit absolument dénué de grâce, et le désir ardent et continuel de briller le rendait souvent faux. Ne pensant qu'à elle, reportant tout à elle, ne parlant que d'elle directement ou indirectement, elle ne savait ni écouter ni répondre. Quand on ne voyait pas clairement sa vanité, on la sentait, ou on en était toujours frappé ou importuné. Les amis de Mélanide faisaient d'elle, sans le vouloir, la critique la plus piquante ; ils avouaient qu'elle contait mal, qu'elle était dépourvue du charme du naturel et de la naïveté, et de celui de la gaieté ; mais ils prétendaient qu'elle avait dans la conversation de *la force et de l'éloquence.* Cette singulière admiration ressemblait beaucoup plus à une épigramme qu'à un éloge. Sans doute on peut être *éloquent,* tête à tête avec ce qu'on aime, tandis que dans la conversation, il faut, non les talents d'un orateur, mais de la grâce et du naturel. Dans la société la plus intime, un entretien agréable est toujours un dialogue vif et serré ; l'usage du monde en exclut les *longues tirades*, et par conséquent l'*éloquence* ; rien n'y doit être approfondi, la variété, la légèreté en font le charme, *la force* y serait déplacée, elle n'y paraîtrait que de la pesanteur.

L'homme le plus recherché, le plus brillant de la société, ne pouvait manquer de fixer l'attention d'une femme dont la vanité dirigeait tous les mouvements ; aussi Germeuil avait-il fait la plus vive impression sur le cœur de Mélanide ; elle connaissait sa passion pour la comtesse de Nangis ; il lui parut glorieux de triompher d'un tel attachement. Elle était jeune et veuve, elle possédait une grande fortune ; elle forma le projet de rendre Germeuil infidèle, et elle n'éprouva pas la moindre inquiétude sur le succès. Germeuil, depuis qu'il aimait éperdument madame de Nangis, ne supposait à aucune femme le dessein de lui plaire ; et pouvait-il imaginer que la femme la plus dépourvue d'agréments extérieurs, nourrissait en secret l'espérance de l'emporter sur la plus belle et la plus charmante personne de la cour ? Il ne vit donc dans les avances et les agaceries de Mélanide, que la coquetterie d'esprit ; il y répondit avec sa politesse accoutumée ; il disserta, s'appesantit et s'ennuya avec Mélanide, car il avait le talent de prendre le ton qui convenait à chacun ; mais après avoir montré de *l'éloquence* avec Mélanide, il se moquait avec Natalie de tout ce qu'il avait dit de *plus beau et de plus profond*.

Le jour du départ de Germeuil, il rencontra Natalie seule dans le jardin, s'assit à côté d'elle ; et comme il la regardait en silence d'un air attentif, Natalie se mit à rire : « Vous me faites peur, dit-elle, comme vous m'examinez ! qu'ai-je donc d'extraordinaire ?

— Tout, répondit Germeuil.

— Il faudrait avoir bien de l'orgueil, reprit Natalie, pour trouver cette réponse obligeante...

— Je ne puis cependant me rétracter, dit Germeuil en souriant ; et je vous assure, poursuivit-il d'un ton plus sérieux, que depuis deux jours que je vous étudie, vous me causez un étonnement inexprimable. Vous m'avez permis de vous parler sans détour et sans tournure...

— Oui, la confiance en dispense, et vous m'en inspirez beaucoup.

— Combien ce langage est touchant dans votre bouche !...

— Du moins il est sincère. »

À ces mots, Germeuil attendri, pour toute réponse, prit la main de Natalie, et la serra dans les siennes, avec l'expression du respect et de la reconnaissance. Il y eut un moment de silence, et Germeuil reprenant la parole : « Oui, dit-il, vous êtes une femme inexplicable... Quoi ! je n'ai pu remarquer en vous la moindre occupation de votre figure. Quoi ! pas une nuance de coquetterie ! pas le plus léger désir de montrer de l'esprit, ou de briller par vos talents !... Si c'est là de la modestie, elle est parfaite ; si c'est de l'art, il est sublime.

— Rien de tout cela, répondit Natalie en riant ; ce qui paraît vous étonner en moi n'est le résultat ni d'un calcul, ni d'un effort, c'est l'effet naturel de plusieurs observations très faciles à faire : comment pourrais-je m'enorgueillir de quelques talents frivoles, qui sont égalés ou surpassés par tant d'artistes de profession ? J'ai vu qu'en chantant ou en jouant de la harpe, on ne peut tourner que la tête d'un sot ; j'ai vu que la plus jolie figure du monde n'empêche pas d'être excessivement ennuyeuse ; j'ai vu enfin qu'avec un esprit supérieur, on peut être insupportable et ridicule, et je me suis dit : "Je ne placerai point mon amour-propre dans toutes ces choses." J'ambitionne des succès plus doux et plus durables ; ceux qui ne sont dus qu'aux charmes du caractère et à la sensibilité de l'âme ; je ne veux plaire que par les moyens qui font aimer ; je ne veux point que l'on répète : "Natalie est charmante et séduisante…" je veux que l'on dise : "Natalie est simple et bonne."

— Mais si l'on disait : "Natalie est séduisante sans le vouloir ?…"

— Non, même avec ce correctif, cette expression me déplaît encore.

— Vous êtes difficile, vous en avez le droit.

— C'est que le cœur est plus délicat que l'esprit. »

Un tiers qui survint interrompit cet entretien. Germeuil partit ; en quittant Natalie, il se dit en secret : « J'aurais adoré cette femme-là, si mon cœur n'eût pas été rempli par une autre » : voilà ce qu'il s'avouait sans scrupule, et non peut-être sans émotion. Une femme à sa place, une femme qui eût aimé, n'aurait jamais fait une semblable supposition.

Germeuil, de retour à Paris, questionna sur Natalie plusieurs personnes de sa société intime. « Quoi ! s'écria-t-il, elle n'a point d'amant, elle n'a jamais aimé !… » et cette certitude lui rendait plus agréable encore le souvenir de l'entretien qu'il avait eu avec elle. Cependant il adorait la comtesse de Nangis. Que lui importaient les sentiments de Natalie ?… C'est surtout en amour que le cœur des hommes est inexplicable.

Natalie, après le départ de Germeuil, cessa de

se plaire à la campagne ; elle assura qu'une affaire pressante la rappelait à Paris ; quand elle y fut, elle se rappela, presque aussitôt, que Germeuil avait un superbe cabinet de tableaux, elle voulut l'aller voir ; elle y fut un matin avec quelques personnes de sa connaissance. Germeuil, prévenu, devait se trouver chez lui pour la recevoir ; mais un billet de lui apprit à Natalie que Germeuil, appelé à Versailles par le ministre de la guerre, venait d'être forcé de partir sans délai. Ce billet, qui exprimait avec grâce et sentiment un regret sincère, fut lu plus d'une fois. Cependant l'ordre était donné d'ouvrir la maison et de faire voir les tableaux. Natalie y entra, elle traversa tristement les appartements, examinant tout avec intérêt et curiosité. Elle apprenait à connaître le goût de Germeuil dans une infinité de choses ; elle n'avait jamais rien observé avec plus d'attention. Par exemple, elle remarqua que toutes les tentures et tous les meubles de la maison étaient verts, et elle se rappela que la livrée du père de la comtesse de Nangis était aussi de cette couleur ; elle admira d'ailleurs l'élégance de la maison, elle n'avait rien vu à son gré d'aussi bon goût. Tandis que les personnes qui l'accompagnaient examinaient encore les tableaux, elle passa seule dans le cabinet d'étude de Germeuil ; elle y vit un bureau, des livres, un piano. Elle s'approcha du piano et prit un papier de musique posé sur le pupitre, c'était une romance écrite de la main de Germeuil ; car Natalie reconnut l'écriture du billet qu'elle venait de recevoir. Elle lut avec avidité les paroles suivantes :

> Qui ? moi ! je troublerais ta vie ;
> Périsse plutôt mon amour !
> Puisses-tu rompre sans retour
> La douce chaîne qui nous lie,
> Si l'intérêt de ton bonheur
> Cesse un instant, ô mon amie !
> D'être le premier de mon cœur.
>
> Prononces-tu l'arrêt terrible
> Qui doit m'exiler loin de toi ?
> Ah ! tu peux parler sans effroi,
> Pour t'obéir tout m'est possible ;
> Hélas ! si tu veux me bannir,
> Dis-moi que tu seras paisible,
> Et sans délai je vais te fuir.
>
> En renonçant à l'espérance,
> En m'immolant à ton repos,
> Je pourrai trouver dans mes maux
> Du courage et de la constance ;
> Mais ne plaindras-tu point mon sort,
> Et durant cette longue absence,
> Seras-tu toujours sans remords ?

S'il faut partir, loin de te peindre
L'excès de mes vives douleurs,
Je saurai te cacher mes pleurs ;
L'amour alors me fera craindre
D'augmenter ta juste pitié ;
Mais je serai le moins à plaindre,
Je t'aurai tout sacrifié !

Natalie, touchée de cette lecture, remit en soupirant la romance sur le pupitre ; et, prenant une autre feuille de musique, elle vit que c'était le brouillon de la même romance, et toujours de la main de Germeuil : elle ne put résister à la tentation de s'emparer de cette chanson ; elle laissa sur le piano la seconde copie, et elle mit le brouillon dans sa poche. En sortant de chez Germeuil, elle fut s'enfermer chez elle, afin de relire la romance : elle pensa bien qu'elle était faite pour madame de Nangis ; ce qui lui fit connaître en même temps que ces deux amants étaient à peu près d'accord… Natalie plaignit madame de Nangis. « Infortunée, dit-elle, égarée par son cœur, elle va perdre son repos et sa réputation ; mais quelle séduction l'environne ! il est si doux d'être aimée ainsi, et par l'homme le plus aimable qui existe !… » Après ces réflexions, Natalie se mit à sa harpe, et elle chanta la romance jusqu'à ce qu'elle sût par cœur l'air, l'accompagnement et les paroles. Les personnes vives et profondément sensibles ne peuvent s'abuser longtemps sur ce qu'elles éprouvent ; leur imagination les mène trop vite et trop loin, pour qu'elles puissent conserver des sentiments indécis et concentrés. Natalie ne se fit point illusion sur les siens ; elle connut qu'elle aimait Germeuil, et elle ne s'en affligea point. « Ce sentiment, dit-elle, dénué de toute espérance, ne deviendra jamais assez violent pour troubler mon repos ; il ne sera pour moi que le préservatif d'une grande passion. Je garderai ma liberté, je ne me remarierai jamais, je serai toujours indépendante, et par conséquent plus heureuse. Non seulement je n'ai point le projet insensé de gagner le cœur de Germeuil, mais je sens que je cesserais de l'aimer, s'il avait la barbarie de trahir celle qu'il a séduite avec tant de peine, et qui a résisté si longtemps à son amour. » Natalie ne savait pas que, pour les caractères persévérants, rien n'est plus dangereux qu'une passion malheureuse, parce que celle-là ne s'use point. Sur le soir, une des amies de Natalie vint la voir, et l'invita à souper pour le lendemain, à Passy, en lui disant qu'on y ferait de la musique, et que Germeuil et madame de Nangis y seraient. Natalie accepta.

Natalie passa une nuit très agitée ; l'attente de

voir ensemble Germeuil et celle qu'il adorait était pour elle un événement qui devait former une des époques de sa vie. En se levant, Natalie, contre son ordinaire, songea à sa parure ; car elle savait que madame de Nangis s'occupait beaucoup de la sienne. Natalie se décida à se coiffer avec des feuillages, et elle mit une robe verte. « C'est, dit-elle, la livrée de ma rivale ; mais c'est la couleur que Germeuil préfère !... » Elle arriva un peu tard à Passy ; on faisait déjà de la musique. Natalie joua un concerto ; on remarqua qu'elle tremblait. Cependant Germeuil l'applaudit avec enthousiasme, et elle trembla davantage... On prit son émotion pour de la timidité (méprise si commune dans le monde). On attribua à sa modestie l'effet d'une trop vive sensibilité : on la louait, et on eût dû la plaindre. On pria aussi madame de Nangis de jouer du piano ; elle annonça qu'elle allait chanter une romance nouvelle : elle regarda Germeuil en rougissant ; Natalie soupira ; elle devina facilement que cette romance était celle dont elle possédait le brouillon... Madame de Nangis l'ayant reçue la veille au soir voulait procurer à Germeuil une surprise agréable, en lui montrant qu'elle avait employé tout son temps à l'apprendre par cœur ; mais elle n'avait pas prévu que son attendrissement la trahirait. Elle chantait devant un spectateur redoutable et clairvoyant (un mari jaloux). Le comte de Nangis remarqua son trouble, et en écoutant les paroles, il se confirma dans ses soupçons. Ayant chanté le premier couplet d'une voix mal assurée, madame de Nangis s'embarrassa davantage au second, et jetant un coup d'œil timide sur le comte de Nangis, elle fut si effrayée de l'altération de ses traits, qu'elle perdit tout à fait la tête ; sa voix s'éteignit, et elle s'arrêta... Le comte de Nangis, ne se possédant plus, s'approcha d'elle, et la regardant avec des yeux où se peignait la fureur : « Je serais curieux, dit-il d'un ton ironique et d'une voix entrecoupée, de connaître l'auteur de cette romance ? » À ces mots, Natalie, qui avait tout observé et tout compris, fit un éclat de rire en s'écriant : « Eh bien ! monsieur, c'est moi. » À cette réponse, Germeuil tressaille, tout le monde s'étonne, et Natalie, avec le même naturel et la même gaieté, conte rapidement que, la surveille, elle avait chanté cette romance à Lémann (un musicien), et que sachant par lui le goût de madame de Nangis pour les romances, elle l'avait chargé de la lui offrir de sa part, mais en lui demandant le secret. « Ainsi, madame, dit le comte à Natalie, puisque le manque de mémoire de madame de Nangis nous a privés du plaisir d'entendre votre romance, nous espérons que vous voudrez bien nous dédommager. » Cette proposition fit frémir Germeuil et madame de Nangis ; ils ignoraient combien elle était peu embarrassante pour Natalie. Quelle fut leur surprise lorsque Natalie, se levant pour prendre sa harpe, répondit qu'elle y consentait ; mais à condition, ajouta-t-elle, que vous ne jugerez l'auteur que lorsque madame de Nangis saura la romance et la chantera ! car elle ne peut avoir de prix que dans sa bouche. En disant ces mots, Natalie se mit à sa harpe ; elle était animée et embellie par le double désir d'étonner et de surpasser sa rivale, et par le plaisir de faire à la fois une action bienfaisante et une malice[1]. Il n'en faut pas tant pour élever une femme au-dessus d'elle-même, et pour la rendre charmante. Natalie se surpassa ; elle chanta avec tant d'expression, que tout le monde fut attendri ; le comte de Nangis, parfaitement dissuadé, applaudit avec transport ; mais rien ne peut donner l'idée de l'étonnement qu'éprouvèrent madame de Nangis et Germeuil ; la première, malgré le service que venait de lui rendre Natalie, ne pouvait se défendre d'une jalouse inquiétude, en pensant que sans doute Germeuil lui avait

1. Mme de Genlis utilise ici, et transforme, un événement de sa propre vie. Sa tante, Mme de Montesson, avait en effet composé une comédie adaptée de *Marianne* de Marivaux et le duc d'Orléans, son amant, avait prétendu en être l'auteur parce qu'elle ne souhaitait pas faire savoir qu'elle écrivait (cf. *Mémoires*, tome I, p. 321 *sq.*).

communiqué cette romance. Pour Germeuil, il ne voyait que Natalie ; l'excès de son admiration lui faisait oublier jusqu'à sa surprise. Il aurait voulu pouvoir se jeter à ses pieds ; il se livrait avec délice à la reconnaissance la plus passionnée.

Quand Natalie eut cessé de chanter, elle reçut les éloges qu'on lui donna avec beaucoup de grâce, pour le véritable auteur de la romance. « Je ne puis, dit-elle, avoir, à cet égard, la modestie convenable, car j'avoue que j'aime tellement cette chanson, que j'ai passé hier toute la journée à la chanter. » Le salon où l'on était donnait sur une terrasse qui aboutissait à un petit bois, et la nuit était si belle, que l'on passa dans le jardin en attendant le souper. Natalie prit madame de Nangis sous le bras et l'entraîna dans le bois ; et là, sans aucun préambule, elle lui conta comment elle avait dérobé le brouillon de la romance. Elle ajouta qu'elle verrait le lendemain, de grand matin, Lémann, le musicien qu'elle avait cité dans l'histoire qu'elle venait d'inventer ; qu'elle était sûre de lui, et qu'elle le préviendrait, afin qu'il ne démentît point ce qu'elle avait dit. Madame de Nangis, rassurée par cette explication, embrassa tendrement Natalie, qui, vivement émue, la serra dans ses bras. Elles s'attendrirent l'une et l'autre ; Natalie sentit combien madame de Nangis devait éprouver d'embarras de voir son secret le plus intime découvert par une personne qu'elle connaissait si peu. Il y eut un moment de silence ; ensuite Natalie reprenant la parole changea d'entretien, et sortant du bois, elle fut, avec madame de Nangis, rejoindre le reste de la société. On se mit à table. Germeuil se plaça à côté de Natalie, et reçut d'elle l'explication qu'elle venait de donner à madame de Nangis. Germeuil fut si profondément touché, que ne pouvant ou n'osant exprimer tout ce qu'il éprouvait, il garda le silence ou ne parla que par monosyllabes pendant tout le souper. Mais Natalie n'eut pas, dans cette soirée, le chagrin sensible de voir les yeux de celui qu'elle aimait se tourner vers sa rivale avec l'expression de la tendresse. Germeuil ne regarda pas une seule fois madame de Nangis ; cette prudence lui coûta peu, et l'amour aurait eu le droit de la lui reprocher. Natalie, contente d'elle-même et de Germeuil, fut plus aimable que jamais. Comme on lui reparlait de sa romance, et qu'on en faisait l'éloge : « Voilà des louanges, dit-elle à Germeuil, que je reçois sans embarras, quoiqu'elles ne me soient pas dues ; elles me flattent tant, qu'il me semble qu'elles m'appartiennent. » Germeuil ne répondit que par un soupir et par un regard. Après le souper, Natalie se retira de bonne heure, car elle voulait se lever le lendemain avec le jour, afin de parler au musicien Lémann, qu'elle envoya chercher, et qui promit de confirmer le récit qu'elle avait fait la veille. À dix heures on vint apporter à Natalie une lettre de la part de Germeuil. Natalie la décacheta avec saisissement, et lut ce qui suit :

« N'ayant pu, madame, vous parler hier, je ne saurais résister aujourd'hui au désir de vous écrire. Mais que vous dirai-je ? Dois-je vous remercier ? Non, la bonté n'est en vous qu'une inspiration, qu'un mouvement prompt et sublime, qui n'a besoin pour être excité d'aucun sentiment particulier ; la reconnaissance ne vous paraîtrait-elle pas une sorte de présomption ? Vous répondriez peut-être : "J'aurais rendu le même service à tout autre." Il faut vous admirer et se taire. Vous demanderai-je la permission de me présenter chez vous ? Que gagnerais-je à l'obtenir ? Quand vous n'êtes pas l'objet auquel on a juré de consacrer sa vie, on ne peut éprouver près de vous que des sentiments pénibles et des regrets bizarres... Il me semble que pour vous parler, il n'existe qu'un seul langage, et qu'il n'est qu'une seule manière de vous aimer... Quel est

donc mon but en vous écrivant ? Aucun…
Je n'ai même pas l'espoir de me satisfaire, je
vous écris avec tant de contrainte !… Je ne
désire point que vous lisiez dans mon cœur,
je suis si peu d'accord avec moi-même…
Mais j'ose vous demander de penser quelquefois que je suis l'homme du monde qui
vous connaît le mieux. Ce mot exprime
toute la singularité de ma situation, et tous
les sentiments *que j'éprouve.* »

Natalie aurait pu faire d'utiles réflexions sur
cette étrange lettre d'un homme qui, peu de
jours auparavant, était passionnément amoureux
d'une autre femme ; mais elle n'y vit qu'un
triomphe d'autant plus doux pour elle, qu'il lui
laissait toute son estime pour Germeuil. Il était
clair que le cœur de Germeuil flottait entre elle
et madame de Nangis, et qu'en même temps
Germeuil était décidé à ne point trahir celle qu'il
avait séduite. Natalie trouvait l'inconstance de
Germeuil excusable et touchante, parce qu'elle
en était l'objet ; mais si elle eût arrêté sa pensée
sur madame de Nangis, elle eût frémi de l'imprudence des femmes qui sacrifient tout à l'amour.
Elle écrivit à Germeuil un billet très simple et
très court, qui ne contenait que l'expression
d'une tendre amitié. Elle se promit de justifier

l'admiration qu'il lui montrait, ou, pour mieux dire, elle espéra l'accroître encore. Elle forma le projet de l'éviter avec soin ; elle eut peu de mérite à tenir cette résolution ; elle était certaine que Germeuil soupçonnerait ses sentiments, et elle ne doutait pas qu'une telle conduite n'exaltât encore l'opinion qu'il avait déjà de son caractère.

Natalie fuyait courageusement Germeuil depuis trois mois, lorsqu'un soir elle le vit arriver dans une maison où elle soupait ; on le pria de rester, il accepta. Natalie jouait au wisk[1], Germeuil se plaça derrière sa chaise et s'y fixa. Natalie, alors, se trouva dans une situation où l'observateur le moins habile a souvent pénétré des secrets semblables à celui qu'elle voulait cacher. Après avoir parlé un instant à Germeuil, Natalie eut un excellent maintien ; elle ne tourna point la tête pour regarder Germeuil, elle affecta même un grand redoublement d'application à son jeu ; mais, sans qu'elle s'en aperçût, son visage, sa taille et toute sa personne, cédant au pouvoir d'une *attraction* irrésistible, se penchèrent et se dirigèrent doucement de ce côté. Ses yeux devinrent plus brillants, son ton plus animé ; elle parut plus obligeante, plus aimable pour tous les indiffé-

---

1. *W[h]isk*, ou *whist*, désigne un jeu de cartes anglais à la mode en France au XVIIIᵉ siècle.

rents ; n'osant s'adresser à l'objet qui l'inspirait, elle saisissait naturellement tous les moyens indirects de l'intéresser. C'est un art que les femmes surtout doivent connaître, elles sont presque toujours forcées de dissimuler le désir et le projet de plaire. Germeuil aimait le wisk ; Natalie n'eut pas une distraction, elle voulait être louée sur sa manière de jouer ; elle disserta sur plusieurs coups avec la pesanteur d'un joueur consommé, elle assura qu'elle aimait *passionnément* le wisk, et qu'elle passerait sa vie à y jouer. Elle parlait de bien bonne foi dans ce moment.

Qui pourrait résister aux femmes lorsqu'elles aiment ? Elles peuvent tout, rien ne leur coûte ; avec un intérêt de sentiment, elles seraient capables de devenir géomètres et mathématiciennes en quelques mois, s'il le fallait ; mais la coquetterie ne donnera jamais ces facultés étonnantes, elle ne suggère que des artifices aussi méprisables et aussi frivoles que ses motifs. Une coquette, à la place de Natalie, n'eût fait que des mines et des agaceries, tandis qu'une femme passionnée sait toujours, même dans les petites choses, donner des témoignages touchants ou solides du sentiment qu'elle éprouve. Après le souper, un homme arrivé de Versailles conta que M. de Nangis, à la chasse du roi, avait fait une chute de cheval, et qu'il était si grièvement blessé qu'on désespérait absolument de sa vie. À ce récit, Germeuil changea de visage, Natalie, qui le regardait, pâlit elle-même, et sentant qu'elle était prête à se trouver mal, elle se hâta de sortir. Arrivée dans l'antichambre, elle demanda un verre d'eau, et tomba sur une chaise. Dans ce moment parut Germeuil, qui, d'un air inquiet, s'approcha d'elle. Natalie fit un effort pour se lever, en disant qu'elle attendait sa voiture ; ses gens lui répétèrent que ses chevaux étaient mis depuis plus d'une heure... Germeuil lui donna le bras : ils tremblaient également tous deux ; ils gardèrent un profond silence... Au moment de monter en voiture, Natalie lui dit tout bas : « Soyez heureux, c'est tout ce que je désire !...

— Moi !... reprit vivement Germeuil, *heureux !...* jamais. »

Natalie monta en voiture, et quand sa portière se ferma, il lui sembla qu'elle se séparait pour toujours de Germeuil, et elle fondit en larmes. Ce fut alors qu'elle connut tous les tourments de la jalousie. Quel événement pour elle que la mort du comte de Nangis ! « Quoi ! disait-elle, je verrai Germeuil s'engager à madame de Nangis par un lien sacré ! Quoi ! ce sentiment si pur, qui m'est si cher, va perdre toute son innocence ! J'ai pu renoncer à Germeuil ; mais comment renoncer à mon amour !... Ce nom, qu'il m'était si doux d'entendre prononcer, sera celui de ma rivale ! Cette livrée, que je ne puis voir sans émotion, sera la sienne !... Quel changement dans son sort et dans le mien ! La passion qui n'était pour elle qu'une faiblesse coupable fera désormais sa gloire ainsi que son bonheur ; et moi, je ne pourrai, sans crime, aimer Germeuil !... »

Natalie, livrée à ses tristes réflexions, ne put se résoudre à se coucher que lorsqu'elle vit paraître le jour. Deux ou trois heures après elle sonna, et on lui remit un billet de Germeuil : elle l'ouvrit précipitamment d'une main tremblante ; quelle fut sa joie d'y trouver ces mots :

> « M. D*** était mal informé : grâce au ciel, M. de Nangis est en parfaite santé ; il est vrai qu'il a fait une chute de cheval, mais il est si peu blessé qu'il était hier au coucher du roi. J'ai cru, madame, devoir ce détail à la bonté parfaite qui prend part à tout ce qui peut intéresser les autres. »

La joie de Natalie fut extrême, et elle eut besoin de la confier ; ce mouvement était toujours en elle et plus vif et plus communicatif que ceux de la tristesse et du chagrin. Elle reprit toute sa gaieté et, s'habillant à la hâte, elle se pressa de sortir, afin d'aller chez sa sœur, qu'elle trouva encore au lit. Natalie lui ouvrit son cœur et lui conta fidèlement tout ce qui s'était passé entre elle et Germeuil. La sage Dorothée l'écouta avec étonnement. « Quoi ! dit-elle, Germeuil est amoureux de vous, et c'est au moment où madame de Nangis, après cinq ans de résistance, répond à sa passion !…

— Il n'est point amoureux de moi, il a lu dans mon cœur, il est touché…

— L'amour est exprimé très clairement dans son premier billet, et si vous vouliez exiger de lui le sacrifice de sa liaison avec madame de Nangis, vous l'obtiendriez.

— S'il était capable d'abandonner celle qu'il a séduite, qu'il a perdue, je le haïrais.

— N'a-t-il pas déjà trahi ses serments, il vous aime mieux qu'elle ?

— Est-on maître de son cœur ?

— Feriez-vous cette question pour justifier l'inconstance d'une femme ?

— Non, la trahison d'un amant peut seule faire excuser notre changement.

— Convenez donc que la plus grande folie pour nous est de nous attacher passionnément à des êtres qui ne peuvent avoir nos scrupules et notre délicatesse, et qui ne sauraient partager nos sentiments ? Cette pauvre madame de Nangis, si jeune, si belle, si sensible, elle est déjà trompée !...

— Non, elle ne l'est point, il nous aime toutes deux ; mais madame de Nangis est *sa maîtresse intime*, je ne suis dans son cœur qu'au second rang.

— Il n'a rien obtenu de vous, et par conséquent vous régnez souverainement sur son imagination : voilà, croyez-moi, la première place en amour. Mais, ma chère Natalie, quels sont vos projets ?

— D'étonner celui que j'aime, d'obtenir sa plus parfaite estime, que ma rivale ne peut posséder à tous égards ; enfin de m'assurer, dans son âme, tous les sentiments qui survivent aux passions. Alors un jour nous nous retrouverons, et l'amitié fidèle consolera, dédommagera deux cœurs que l'amour n'osa réunir !...

— Voilà un plan bien romanesque, puisse-t-il ne point exposer votre repos !... »

À la fin de cette conversation, Natalie renouvela à sa sœur la promesse qu'elle s'était faite à elle-même d'éviter Germeuil, et elle la tint fidèlement. Germeuil la seconda dans ce dessein, et Natalie ne manqua pas de faire remarquer à sa sœur une conduite qui méritait en effet son estime, parce qu'elle était sincère et dénuée de toute espèce d'artifice. Germeuil avait une belle âme ; l'amour pour lui n'était jamais séparé de l'amitié la plus vive et la plus tendre. Natalie avait fait sur son esprit et sur son cœur une si profonde impression, qu'il la regardait comme la seule personne qui eût pu l'enchaîner solidement ; mais, attaché à madame de Nangis par tous les liens de la reconnaissance, par la persévérance qu'il avait mise à la séduire, et surtout par le sentiment qu'elle avait pour lui, l'idée de la plonger dans le désespoir, en l'abandonnant, lui faisait horreur. Cependant il connut qu'il n'est point de procédés qui puissent suppléer l'amour. Malgré sa conduite et tous ses soins, madame de Nangis, depuis l'aventure de la romance, était mécontente de lui et jalouse de Natalie ; mais, avec la douceur qui la caractérisait, elle ne se plaignait point, elle souffrait en silence. Elle savait, d'ailleurs, qu'elle ne pouvait accuser ni Germeuil ni Natalie, qui ne se voyaient point ; mais un instinct secret, un pressentiment qui ne trompe jamais en amour, l'avertissait que Natalie était la seule femme qu'elle dût craindre. L'amour est fait pour être indiscret, la prudence même le trahit. Germeuil croyait bien cacher son penchant pour Natalie en l'évitant toujours, en ne parlant jamais d'elle ; mais ces précautions mêmes décelaient ses sentiments. Des yeux clairvoyants pouvaient voir qu'il ne rencontrait point Natalie,

54

parce qu'il la fuyait, et qu'il n'évitait de parler d'elle que parce qu'il craignait de prononcer son nom.

Madame de Nangis et Natalie, loin de se haïr, prenaient l'une à l'autre un intérêt sincère ; aimer le même objet est une sorte de sympathie, quand on ne se dispute rien. Elles se rencontraient toujours avec plaisir. Elles ne se lassaient point de s'examiner mutuellement ; l'intérêt de cet examen était sans mélange d'inquiétude pour Natalie ; elle pensait : « Voilà celle qu'il a passionnément aimée ! » Madame de Nangis éprouvait une émotion moins douce, elle se disait : « Voilà celle qu'il aimera peut-être !… »

Vers le milieu de l'hiver, madame de Nangis se fit inoculer[1] ; elle fut assez malade, quoique sans aucun danger. Natalie envoya savoir de ses nouvelles tous les jours, et elle en alla demander elle-même plusieurs fois à sa porte. Madame de Nangis reparut dans le monde, on la trouva changée ; elle l'était en effet ; elle avait perdu cette fleur de beauté qui, ternie une fois, ne reprend jamais son premier éclat ; moins éblouissante et moins belle, elle intéressa davantage Natalie…

Un soir, Natalie se trouva dans un cercle nom-

1. C'est-à-dire vacciner contre la variole, ce qui commençait alors à se faire, non sans danger. L'Église y était hostile, voyant dans ce geste une manière de s'opposer aux desseins de Dieu.

breux avec Germeuil ; un moment après madame de Nangis entra. Elle fit une visite assez courte et sortit. Germeuil resta, et quand madame de Nangis fut partie, toutes les femmes, avec un ton plaintif et l'air de l'intérêt, se récrièrent sur l'excès de son changement : la seule Natalie soutint avec vivacité que madame de Nangis était toujours aussi belle. Mélanide, cette femme dont on a déjà parlé, qui conservait encore des prétentions sur le cœur de Germeuil, protesta que si l'on n'eût pas annoncé madame de Nangis, elle ne l'aurait pas reconnue. Cette exagération excita l'indignation et la colère de Natalie, qui dit à Mélanide tout ce que la politesse pouvait permettre de plus piquant. Pendant cette dispute, Germeuil, les yeux fixés sur Natalie, la regardait et l'écoutait avec attendrissement. Il ne l'avait jamais trouvée si charmante. Quelle est la femme qui ne s'embellirait pas en défendant une rivale ?... La grandeur d'âme qui s'élève au-dessus de l'envie et de la jalousie excite la surprise et l'admiration dans les hommes, et touche dans les femmes ; il semble que toutes les vertus généreuses ne peuvent leur coûter d'efforts ; elles ont en elles plus de charme que d'éclat, on les confond avec leurs grâces.

Quelques jours après, le comte de Nangis étant à Versailles, et ne devant revenir que le lendemain, la comtesse fit l'imprudence d'aller seule au bal de l'Opéra, parce qu'elle savait que Germeuil y serait. Germeuil n'était point masqué ; la comtesse le prit sous le bras, et se promena dans la salle avec lui. Natalie était à ce même bal avec Dorothée. Par un hasard singulier, elle avait, ainsi que la comtesse, une capote grise avec des revers blancs, et comme elle était de la taille de la comtesse, on aurait pu facilement les prendre l'une pour l'autre. Natalie qui, dans l'instant, avait reconnu madame de Nangis, la suivait machinalement, et marchait immédiatement derrière Germeuil. La foule l'en sépara un moment, ensuite elle s'en rapprocha au moment où madame de Nangis éperdue lui disait : « Il est à quelques pas, il m'a reconnue ; je suis perdue, il s'approche... » Natalie devina qu'il s'agissait de M. de Nangis, qu'elle ne pouvait voir dans cet instant. Natalie, aussitôt, quitte brusquement le bras de Dorothée, prend celui de Germeuil, en disant à la comtesse : « Sauvez-vous, madame, et allez changer d'habit. » La comtesse, saisie d'effroi, cède sa place à Natalie, se baisse, se glisse dans la foule, et s'y perd. Une minute après, on voit avancer le comte de Nangis avec des yeux étincelants de fureur ; il saisit Natalie par le bras, la foule l'en sépare encore... « Laissez-moi lui parler, dit vivement Germeuil, je suis las de ses incartades.

— Voulez-vous perdre madame de Nangis ? »,
reprit Natalie. Ce mot calma Germeuil. Il soupira, et serra le bras qu'il tenait sous le sien. On
se trouvait au bout de la salle, à l'une des portes
qui donnaient dans le corridor. Germeuil et Natalie y entrèrent ; au moment même, M. de Nangis s'y précipita, en s'élançant vers Natalie, qui,
sur-le-champ, ôtant son masque, et se tournant
vers lui : « Connaissez enfin votre erreur, lui dit-
elle en lui montrant Germeuil ; c'est moi qui le
cherche en secret, c'est lui qui m'attire, c'est lui
que j'aime. » Avec quelle joie, avec quel ravis-
sement Natalie fit cette déclaration singulière qui
soulageait son cœur, qui prévenait un duel, et
qui sauvait sa rivale ! Jamais l'amour, pour se
montrer, n'eut un plus beau prétexte. Germeuil
saisit une des mains de Natalie, et la baigne de
larmes. Le comte enchanté se confond en excu-
ses, et ensuite rentre dans le bal. Alors Natalie,
tremblante, étonnée de ce qu'elle venait de faire,
remet son masque, en disant : « Il fallait sauver
une femme intéressante…

— Oh ! ne me parlez plus ! s'écria Germeuil,
que cette voix enchanteresse ne détruise point
l'illusion des paroles enivrantes qui sont pour
jamais gravées au fond de mon âme.

— Allons retrouver ma sœur, dit Natalie », et
elle rentra dans la salle.

Cette aventure fit le plus grand bruit. M. de Nangis, entièrement guéri de sa jalousie, s'empressa de conter à ses amis qu'il avait découvert la passion mutuelle de Germeuil et de Natalie. Il ne justifia point sa femme ; mais tout le monde fut persuadé que Germeuil avait sacrifié madame de Nangis à Natalie. Cette scène ayant eu trop d'éclat pour la nier, Germeuil fit convenir madame de Nangis elle-même, que, pour confirmer le comte dans son erreur, il fallait qu'il allât chez Natalie au moins tout le reste de l'hiver. La malheureuse comtesse frémit à cette proposition, mais elle n'osa la combattre. Quand elle n'aurait pas naturellement craint Natalie, elle n'aurait pu supporter l'idée que tout le monde croyait Germeuil amoureux d'une femme qu'il avait l'intention d'épouser. À cette peine de sentiment et d'amour-propre, se joignait une jalousie déchirante, et malheureusement trop fondée.

Natalie, de son côté, se persuada que si elle ne recevait pas Germeuil, on croirait qu'elle n'avait été pour lui que l'objet d'une fantaisie ; après l'aveu formel qu'elle ne pouvait rétracter, il fallait que cette liaison eût une certaine durée ; mais elle ordonna à Germeuil de rassurer madame de Nangis, et de lui protester qu'engagée pour elle dans une feinte nécessaire, elle déclarerait au bout de quelques mois qu'elle n'avait pu se résoudre à sacrifier sa liberté, et qu'alors elle cesserait de voir Germeuil. Ce dernier ne fut reçu chez Natalie qu'aux heures où elle avait du monde. Ils ne pouvaient se parler de leurs sentiments, mais ils jouissaient l'un et l'autre de l'idée qu'on avait de leur intelligence. L'amour n'apprécie que le temps présent, c'est de tous les sentiments celui qui s'occupe le moins de l'avenir ; il craint d'y jeter les yeux, il n'est jamais sûr de s'y retrouver.

Les femmes qui enviaient la conquête de Natalie déclamaient beaucoup contre l'infidélité de Germeuil ; cependant on était extrêmement dérouté par sa conduite, car le comte de Nangis n'étant plus jaloux, Germeuil allait chez la comtesse plus souvent que jamais, et comme la comtesse désirait vivement que l'on ne crût point qu'il l'eût abandonnée, elle ne dissimulait plus ses sentiments pour lui ; de sorte qu'au milieu de toutes ces bizarreries apparentes, les observateurs ne savaient souvent que penser.

Sur la fin de l'hiver, le comte de Nangis donna un bal, et il ne manqua pas d'y inviter Germeuil et Natalie, qui tous les deux y furent. Madame de Nangis reçut Natalie avec une grâce et une obligeance qui frappèrent tout le monde, et c'était bien son projet. On vit ces deux rivales, toujours l'une à côté de l'autre, se regarder avec bienveillance, se parler avec sentiment ; la curiosité ne se lassait point de les examiner ; les hommes s'étonnaient, les femmes disaient : « Comme elles sont fausses !... »

Vers la fin du bal, Natalie se plaignant du chaud, la comtesse lui proposa d'aller se reposer un moment dans sa chambre ; Natalie la suivit, quoique avec un peu d'embarras, en songeant qu'elle allait se trouver tête à tête avec elle. Madame de Nangis la conduisit dans son cabinet, elle s'assit à côté d'elle, sur un canapé ; elle prit ses deux mains dans les siennes, et les serrant fortement avec la plus tendre expression : « Mon ange tutélaire, dit-elle, vous avez réparé deux fois mes imprudences ! deux fois vous m'avez sauvée !... Ah ! votre bonté m'a donné le droit de tout attendre de vous !... » Ici, madame de Nangis s'arrêta, elle rougit et baissa les yeux. Natalie, attendrie, comprit qu'elle avait une demande à lui faire. « Parlez, madame, lui dit-elle en l'embrassant : ah ! s'il m'est possible de vous être utile, je voudrais pouvoir vous deviner... » À ces mots, les yeux de madame de Nangis se remplirent de larmes : « Prenez pitié de ma faiblesse, répondit-elle, hélas ! vous la connaissez !... *Je l'aime* avec excès, jugez donc de ce que j'éprouve lorsqu'il paraît s'attacher à vous !... Je sais que vous ne le voyez chez vous que pour soutenir votre bienfaisant stratagème ; mais peut-on recevoir ses soins avec indifférence, et lorsqu'on a l'air de vous aimer, peut-on feindre ! Oh ! ne le recevez plus !... et vous me rendrez la vie.

— Je vous le promets, interrompit vivement Natalie.

— Généreuse et chère Natalie, s'écria la comtesse en se jetant dans ses bras, de quel supplice affreux vous me délivrez ! Vous ne me rendrez pas le bonheur, je l'ai perdu sans retour en perdant ma propre estime ; mais du moins vous m'affranchirez d'une inquiétude déchirante, insupportable...

— Je ferai mieux, reprit Natalie, je partirai demain pour la Provence, j'y possède une petite terre, j'irai m'y établir, j'y passerai un an...

— C'en est trop, dit la comtesse ; non, ne vous éloignez point, votre absence m'affligerait ; d'ailleurs, que penserait-on ?...

— Soyez tranquille, dit Natalie, j'arrangerai tout avec vraisemblance... » On vint interrompre cet entretien, il fallut retourner au bal ; Natalie y retrouva Germeuil qui dansait avec Mélanide, ce qui lui donna l'idée de feindre d'être mécontente de Germeuil, car on savait qu'elle n'aimait pas Mélanide, et que cette dernière avait des vues sur Germeuil. Natalie prit M. de Nangis pour confident de son prétendu dépit ; et lorsqu'on servit le souper, elle ordonna tout bas à Germeuil de se mettre à table à côté de Mélanide. Natalie se plaça entre monsieur et madame de Nangis, et pendant tout le souper, elle entretint le comte dans l'idée qu'elle était outrée contre Germeuil : le comte trouva sa colère déraisonnable, mais il la crut sincère, et c'était tout ce qu'elle voulait. Natalie se retira aussitôt que le souper fut fini : en quittant madame de Nangis, elle l'embrassa avec ce doux sentiment de tendresse que l'on éprouve pour l'objet auquel on vient de faire un sacrifice. Rentrée chez elle, Natalie écrivit à Germeuil ; son billet était froid, laconique, nulle expression n'y décelait l'amour. La pitié, l'enthousiasme que lui inspiraient la confiance et la reconnaissance de madame de Nangis étouffaient en elle tout autre sentiment. Elle aurait cru faire une trahison dans ce moment, en montrant à Germeuil de la sensibilité, elle ne se rappelait même qu'avec une sorte de remords les témoignages de tendresse qu'elle lui avait donnés, elle avait toujours devant les yeux la figure angélique et suppliante de madame de Nangis, implorant sa compassion. Cette image touchante lui faisait faire enfin de salutaires réflexions ; elle ne trouvait plus l'infidélité de Germeuil excusable, elle en était indignée, et surtout épouvantée.

Le lendemain matin, elle fit ses adieux à sa sœur, et elle partit de Paris à midi.

Le brusque départ de Natalie fit beaucoup de bruit ; le comte de Nangis l'attribua à sa rupture avec Germeuil, qu'il supposa produite par la jalousie mal fondée que lui causait Mélanide ; on ne parla que de Natalie pendant huit jours ; ensuite on n'y pensa plus. Germeuil fut d'abord vivement affligé ; tout exalte l'amour dans le grand monde : la politesse et la galanterie, qui souvent en offrent l'image ; les spectacles qui, sans cesse, en retracent le charme et la violence ; les assemblées, les fêtes où l'on se rencontre ; mais les absents, surtout lorsqu'ils n'écrivent point, sont bientôt oubliés de ceux qui vivent dans une extrême dissipation. Les passions se forment et s'enflamment plus facilement dans le monde que dans la retraite ; mais c'est dans la solitude qu'elles se nourrissent : c'est là qu'il est dangereux de porter l'amour ; il n'y guérit point. Germeuil conserva sa douleur tant que durèrent les sensations qui lui rappelaient vivement le souvenir de Natalie ; lorsqu'il eut passé cinq ou six fois dans sa rue, qu'il eut entendu dans plusieurs concerts d'autres femmes chanter et jouer de la harpe, lorsqu'il fut accoutumé à ne la rencontrer ni à la cour, ni au bal, il cessa de penser à elle ; alors il s'applaudit de son *courage* ; et c'est ainsi que, par une illusion fréquente de l'amour-propre, la faculté d'oublier, qui tient à la faiblesse, est souvent attribuée à l'effort le plus pénible de la raison. Tandis que Germeuil perdait insensiblement le souvenir de Natalie, sans reprendre pour madame de Nangis sa première ardeur, Natalie pensait à lui dans tous les instants du jour ; elle avait plus de constance et d'énergie dans le caractère ; d'ailleurs, vivant dans une profonde solitude, rien ne pouvait la distraire de ses sentiments. À peine eut-elle quitté Paris, que Germeuil vint s'offrir à son imagination sous les traits les plus touchants ; elle le vit désespéré, elle cessa de le condamner ; elle le plaignit du fond de l'âme ; elle se répéta que, malgré son penchant pour elle, il n'avait jamais balancé entre elle et madame de Nangis ; elle lui fit un mérite de ne lui avoir jamais parlé clairement de sa passion ; comme si, lorsqu'on s'entend si bien sans s'expliquer, les déclarations formelles étaient nécessaires ; comme si l'expression des regards, les sons altérés de la voix, les mots ingénus qui échappent, et dont on confirme le sens en feignant de les rétracter, n'étaient pas, dans tous les temps, le vrai langage de l'amour !...

Natalie fit avec succès, en Provence, l'essai d'un genre de vie si nouveau pour elle ; car elle n'avait jamais vécu dans une retraite absolue. Les personnes actives et sensibles se plaisent mieux dans la solitude que les caractères indolents et froids, qui ont besoin des secousses et du mouvement de la dissipation. Peut-on s'ennuyer, peut-on se trouver seule avec une imagination vive, des talents, une conscience pure, et un souvenir qui occupe fortement ? Natalie, il est vrai, s'affligeait de l'absence de Germeuil ; mais elle était certaine que le sacrifice qu'elle faisait ajoutait à son admiration pour elle : d'ailleurs, dans quelque situation où l'on puisse se trouver, l'amour, lorsqu'il est partagé, manque-t-il jamais d'espérance ? Madame de Nangis regrettait la vertu ; elle était mécontente de son amant : ne pouvait-elle pas rompre volontairement une chaîne qu'elle ne portait qu'en gémissant ? Enfin, Natalie se faisait de la passion de Germeuil pour elle, l'idée la plus romanesque et la plus exagérée ; et lorsqu'on n'a que vingt-deux ans, n'a-t-on pas le droit de tout attendre du temps, de la constance et de l'amour ? Natalie se remit à écrire et à composer avec plus de plaisir que jamais. Elle acheva plusieurs ouvrages, et entre autres un roman. Quand on écrit avec vérité, qu'on ne cherche que dans son cœur les sentiments touchants qu'on veut exprimer, il y a dans cette occupation un tel charme, qu'elle peut facilement tenir lieu de bonheur. Il est beaucoup plus doux, pour le cœur et pour l'esprit, de faire un roman, que d'écrire sa propre histoire : dans le dernier cas, la dissimulation est à la fois un tort réel et une contrainte qui refroidit l'imagination, et la sincérité parfaite est toujours une imprudence, et communément un ridicule. Enfin il est très difficile de parler de soi avec grâce, intérêt et dignité ; il est affreux de penser que les choses les plus dignes d'éloges seront toujours un peu suspectes ; car la partialité naturelle de *l'historien* jette de grands doutes sur *l'histoire*. Mais en composant un roman, on peut, sans avoir le vain projet de faire son portrait, se peindre vaguement de mille manières, et s'embellir sans tromper le lecteur, auquel on n'a promis qu'une fable. Il est plus doux encore de peindre les objets qu'on aime, dans ce temps heureux de la vie où l'on voit tout ce qui intéresse avec l'illusion de la confiance aveugle et de la sensibilité !... Oh ! que ces tableaux tracés dans la jeunesse doivent être purs, doivent être animés et parfaits ! on a cru les faire d'après nature... Ce temps passé, la triste expérience a déchiré le voile magique et brillant qui parait l'amitié et qui donnait tant de charmes à tous les sentiments ; mais alors on aime encore à retracer les fictions qui ont séduit, on n'imagine pas les créer, on croit les reproduire....

Natalie était depuis huit mois dans sa retraite,

lorsqu'on lui manda de Paris que madame de Nangis (dont la santé avait toujours été languissante depuis son inoculation) se mourait de la poitrine, et que les médecins regardaient son mal comme incurable. On ajoutait que, ne s'abusant point sur son état, elle avait cessé de voir Germeuil, et qu'elle montrait les plus grands sentiments de piété. Cette femme infortunée, ne pouvant ni se pardonner sa faiblesse, ni se consoler du refroidissement de son amant, fut la victime de ses remords et de son amour. Germeuil n'avait jamais cessé de lui rendre les soins les plus tendres et les plus assidus, mais il n'était plus amoureux d'elle ; les hommes, par un intérêt puissant d'ambition ou d'amour-propre, savent si bien prendre le ton et le langage de la passion ! Mais jamais la reconnaissance et la pitié ne les engagèrent à la feindre. Madame de Nangis mourut dans les premiers jours du printemps, treize mois après le départ de Natalie. Germeuil montra dans cette occasion la plus grande sensibilité ; les reproches qu'il avait à se faire ajoutaient à sa douleur le plus pressant remords ; il sentit, dans ce moment, combien il est barbare et coupable de séduire une femme jeune, sensible et vertueuse ; car elle ne cède que parce qu'on a su lui persuader qu'elle est l'objet d'une passion violente qui durera toujours ; et quel est l'homme qui peut se faire une telle illusion ? Germeuil fut malade, il garda sa chambre huit jours ; on s'attendrit sur ses regrets, et lui-même crut avoir expié, par un accès de fièvre, un mal irréparable. On manda à Natalie qu'il était malade. Natalie, dont l'imagination ne laissait jamais échapper l'occasion de faire un roman touchant ou tragique, vit Germeuil à la mort, elle en fit le héros et le martyr de la reconnaissance et de l'amitié ; pénétrée de douleur, de compassion et d'admiration, elle partit sur-le-champ, et elle arriva à Paris quinze jours après la mort de madame de Nangis ; elle envoya aussitôt demander des nouvelles de Germeuil ; il était à Versailles ; car ceux mêmes qui portaient le costume de la douleur, ceux qui venaient de perdre un père, une épouse, ne pouvant, sans indécence, aller aux spectacles, paraissaient en grand deuil à la cour. L'usage défend aux affligés de se distraire par les amusements, mais il leur permet de se consoler par l'ambition. Germeuil revit Natalie, et reprit bientôt tout le penchant qu'il avait eu pour elle : un amour qu'on a toujours combattu ne vieillit point ; s'il a pu s'assoupir dans l'absence, il peut toujours se réveiller et se rallumer. Germeuil avait trop de délicatesse pour oser parler d'amour à Natalie durant le deuil de M. de Nangis ; il fallait pleurer tant que l'on rencontrerait les objets qui ne permettaient pas l'oubli. Les bienséances ont beaucoup plus d'étendue et de sévérité dans le grand monde que dans les classes inférieures : elles y sont si délicates, que souvent elles ressemblent au sentiment ; c'est qu'elles sont faites pour y suppléer.

Natalie n'était que depuis huit jours à Paris, lorsqu'un soir on lui dit que le curé de Saint-Sulpice demandait à lui parler en particulier ; elle le reçut aussitôt. Ce vénérable pasteur lui présenta une boîte cachetée, en lui disant que la comtesse de Nangis, la veille de sa mort, l'avait chargé de la lui remettre. Quand Natalie fut seule, elle ouvrit ce paquet mystérieux avec un saisissement inexprimable, elle y trouva un médaillon qui renfermait des cheveux et le portrait de Germeuil ; il était enveloppé dans un billet à peine lisible, tracé par une main défaillante, et qui contenait ces mots :

« Je vous laisse ce qu'il m'est défendu de regretter, et ce que je ne pouvais céder sans douleur qu'à la généreuse Natalie. Ne me plaignez point ; j'ai tant souffert, que le moment où je suis n'est pour moi qu'une heureuse délivrance. J'ai si passionnément aimé celui dont je n'ai pu conserver le cœur, du moins sans partage !... Puisse un sentiment légitime le fixer !... Puissiez-vous être heureuse !... C'est le dernier vœu de la plus tendre reconnaissance, il doit être exaucé... »

Natalie arrosa de larmes ce billet ; elle regardait tristement le portrait et les cheveux autour desquels ces mots étaient écrits : *Amour et constance*. Grand Dieu ! dit-elle, voilà ce qu'il a pensé ! voilà ce qu'il a donné !... Et, quelques mois après, il n'aimait plus cette femme si belle, si touchante !... Cette pensée terrible fit une profonde impression sur Natalie ; mais elle avait laissé fortifier sa passion ; elle pouvait en prévenir, ou du moins en craindre les dangers ; il n'était plus en son pouvoir de la modérer. Elle crut devoir cacher cet événement à Germeuil, car il évitait avec un soin extrême de parler de madame de Nangis, même indirectement, et Natalie ne voulait pas renouveler sa douleur ni ranimer ses remords. Elle mit à son cou le portrait, et l'attacha avec une chaîne d'or, qu'elle fit river ; et elle se promit de n'en jamais parler à Germeuil.

Enfin, au bout de quelques mois, Germeuil, éperdument amoureux, et passionnément aimé, parla de ses sentiments avec tous les transports d'un amour longtemps contenu. Natalie l'écoutait avec un plaisir mêlé de trouble et d'inquiétude ; le serment d'aimer toujours, le mot de *constance* dans la bouche de Germeuil la faisaient

71

frissonner ; à force d'entendre répéter les mêmes phrases, cette impression s'affaiblit, et bientôt elle pensa que si Germeuil eût aimé madame de Nangis comme elle, jamais il n'aurait changé.

Germeuil ne pouvait parler d'amour à Natalie, sans lui demander sa main ; mais Natalie trouva que Germeuil, par respect pour l'honneur de son caractère et l'intérêt de sa réputation, ne devait pas prendre si promptement un tel engagement. Il fut convenu que Natalie ne recevrait la foi de Germeuil que dans sept ou huit mois, et qu'en attendant, on n'en parlerait à personne. Germeuil, voulant terminer plusieurs affaires avant son mariage, partit pour la Flandre, en promettant de revenir sous deux mois.

Peu de jours après le départ de Germeuil, une famille intéressante, tombée dans une misère affreuse par un enchaînement inouï de revers, s'adresse à Natalie, pour obtenir par son crédit quelque adoucissement à ses maux[1]. Natalie avait connu ces infortunés par l'entremise d'un ancien ami de ses parents, homme qui joignait à beaucoup d'esprit, un grand attachement pour elle, et qu'elle révérait depuis l'enfance. Elle avait pris

1. L'épisode s'inspire de la vie de Mme de Genlis : pour procurer de l'argent aux trois membres de la famille de Queissat injustement condamnés, elle avait accepté la publication de ses pièces de théâtre d'éducation (cf. *Mémoires*, tome 3, p. 78 *sq.*).

tant d'amitié pour lui, que depuis son retour de Provence, elle l'avait consulté sur un de ses ouvrages manuscrits, preuve de confiance qu'elle n'avait donnée jusqu'alors qu'à la seule Dorothée. Un jour qu'elle gémissait avec lui sur la situation déplorable de la famille qui les intéressait, Bréval (on appelait ainsi son ami) lui demanda si véritablement elle était capable de faire tout ce qui serait en son pouvoir pour sauver ces infortunés. « En pouvez-vous douter, répondit Natalie, vous qui savez tout ce que j'ai déjà fait pour eux, vous qui m'accompagnez toujours quand je vais voir ceux qui sont en prison.

— Ces trois malheureux gentilshommes sont condamnés à une prison perpétuelle, s'ils ne peuvent payer comptant la somme de quarante mille francs, et ils ne possèdent rien au monde...

— Hélas ! je le sais, et je ne puis qu'adoucir leur captivité.

— Il ne tient qu'à vous de les délivrer...

— Comment ?

— Oui, vous pouvez rendre la liberté à ces trois braves militaires, dont l'un, couvert de blessures glorieuses, a servi quarante ans avec la plus brillante valeur.

— Mais expliquez-vous, que puis-je faire ?

— Livrer à l'impression l'ouvrage que vous m'avez fait lire...

— Bon Dieu ! que me proposez-vous ? que dirait Dorothée ? que penserait Germeuil ?…

— Songez seulement aux infortunés qui gémissent au For-l'Évêque[1].

— Mais comment espérer que la vente de cet ouvrage puisse produire quarante mille francs ?

— L'auteur est jeune et jolie, c'est sa première production, l'ouvrage a de l'agrément et de l'originalité, il ira aux nues, nous en ferons deux éditions en peu de mois, et nous aurons les quarante mille francs.

— Mais quel éclat !… D'ailleurs, j'ai promis à ma sœur de ne jamais me faire imprimer…

— Votre cœur n'a-t-il pas promis à Dieu de secourir les infortunés par tous les moyens qui seront en vous ?

— Eh bien ! je vais écrire à ma sœur qui est à la campagne, et qui ne revient que dans quinze jours ; si elle approuve cette action, je la ferai.

— Et si elle ne l'approuve pas, vous abandonnerez les malheureux auxquels vous avez promis le plus tendre intérêt ? En leur refusant un secours qu'il vous est si facile de leur donner, c'est vous-même qui les condamnerez, ce sera vouer au malheur les restes flétris de leur existence. Si le

1. Devenue prison royale en 1674, For-l'Évêque était situé entre le quai de la Mégisserie et la rue Saint-Germain-l'Auxerrois. C'était habituellement le lieu de détention des comédiens.

désespoir abrège leurs jours, s'ils périssent en prison, serez-vous sans regrets, sans remords ?... Eh quoi ! pour faire une bonne action, avez-vous besoin de conseils ? ne consultez que l'humanité.

— Mais si l'amitié vous abuse sur cet ouvrage, s'il est médiocre...

— Je vous garantis son succès.

— Mais s'il tombait !

— Le motif qui vous l'aura fait publier vous consolera de la chute. »

Natalie n'avait jamais d'esprit quand il s'agissait de combattre une proposition généreuse, quelque imprudente qu'elle fût ; on était toujours sûr avec elle d'avoir raison, lorsqu'on s'adressait à son cœur ; l'émouvoir et la toucher, c'était la convaincre. « Enfin, lui dit Bréval, si vous consentez à ce que je propose, nos pauvres prisonniers, qui sont maintenant dans l'abattement de la plus profonde douleur, pourraient être, dans quelques minutes, ranimés et consolés ; deux lignes de vous leur rendraient l'espérance et le bonheur...

— Je ne résiste plus, s'écria Natalie, et courons nous-mêmes, mon cher Bréval, le leur annoncer. » À ces mots, Natalie sonne, demande ses chevaux, et ne songe plus qu'à la joie qu'elle va causer ; ses promesses, ses répugnances, ses craintes, le monde, l'amour même, tout fut oublié dans ce moment d'enthousiasme ; elle ne voyait que la prison où gémissaient les opprimés ; elle ne sentait que le bonheur de sécher les larmes du désespoir... Natalie prit dans ce jour un engagement irrévocable ; elle promit son ouvrage aux prisonniers, elle reçut les bénédictions de la reconnaissance... Jamais auteur, sous de plus doux auspices, n'entra dans la carrière littéraire !... L'ouvrage, dès le soir même porté chez l'imprimeur, fut imprimé avec une extrême célérité ; il parut au bout de six semaines. Le succès en fut tel que l'avait prédit Bréval. On loua l'auteur avec excès dans tous les journaux ; l'édition entière fut enlevée en moins de douze jours : plusieurs personnes bienfaisantes, sachant à quel usage on en destinait le produit, ne se contentèrent pas de donner le prix fixé ; un Russe, entre autres, envoya deux cents louis pour un seul exemplaire. Tout cet argent fut porté chez l'avocat des prisonniers, qui s'était chargé du soin de vendre l'ouvrage. Les quarante mille francs étaient complétés ; Natalie, heureuse et triomphante, fut délivrer les prisonniers. Avec quelle joie vive et pure elle entra dans cette prison, dont elle allait arracher trois victimes du malheur ! Avec quel transport elle leur dit : « Venez, vous êtes libres !... » Elle les emmena dîner chez elle. En sortant de table, elle leur donna des brevets de capitaines qu'elle avait obtenus pour eux dans des régiments qui partaient pour la Corse. Ce jour fut l'un des plus beaux de sa vie. Tout était doux dans ce début d'auteur ; les motifs, le succès, le résultat ; et l'envie se taisait : tout s'était fait si rapidement, qu'elle n'avait eu le temps ni de méditer ni de préparer des noirceurs. « Oh ! ma chère Natalie, disait à sa sœur Dorothée, qu'il serait sage, qu'il serait beau de s'arrêter là !... d'écrire toujours, puisque vous en avez le goût et le talent ; mais de ne plus publier vos ouvrages... » Qu'il était bon ce conseil ! Natalie ne le suivit point. « Vous craignez des chimères, répondit-elle ; voyez donc comme le public est indulgent pour une femme ! comme les journalistes sont galants !... Enfin j'ai fait le premier pas, c'est toujours le plus difficile ; le sort en est jeté, me voilà auteur pour ma vie. » Dorothée soupira ; elle lisait dans l'avenir !...

Natalie attendait Germeuil avec la plus vive impatience ; elle pensait que la gloire qu'elle venait d'acquérir augmenterait son amour ; elle se trompait. Germeuil fut flatté du succès brillant de celle dont il était adoré ; il l'admira davantage, mais elle devint pour lui une autre femme, et elle y perdit. Ce n'était plus pour Germeuil cette Natalie à la fois ingénue et piquante, dont les saillies l'amusaient, et dont il aimait tant le naturel et la gaieté ; elle n'avait point changé ; elle était toujours la même ; mais il ne la voyait plus avec les mêmes yeux. Il lui supposait un orgueil qu'elle n'eut jamais. Sa douceur et sa simplicité ne lui paraissaient plus que de la condescendance ; il lui semblait qu'en s'élevant elle s'était éloignée de lui, car il était toujours resté à la même place, et elle avait abandonné la sienne par un essor rapide. Son imagination ne la lui offrait plus sous les traits charmants qui font naître l'amour. On ne représente point les grâces fixées près d'un bureau, veillant et méditant dans le calme des nuits ; c'est une branche de roses qui doit parer la beauté, une couronne de lauriers la vieillit. « Oui, disait Germeuil à Natalie, je jouis de vos succès ; mais ne vous reprochez-vous point de prodiguer à l'univers des talents dont l'amour s'enorgueillissait davantage encore, lorsqu'il jouissait seul ? Quoi ! tout le monde à présent vous connaît comme moi ! N'est-ce pas une sorte d'infidélité dont votre amant aurait le droit de se plaindre ? Quoi ! ces sentiments si tendres, si délicats, dont l'expression faisait mon bonheur dans vos lettres, je les retrouve dans vos ouvrages ! ces phrases touchantes, inspirées par l'amour, m'appartenaient ; vous me les reprenez pour les publier et pour en faire des fictions !... »

Natalie ne voyait dans ces reproches qu'un badinage ingénieux, elle ne s'en alarmait point, et elle jouissait sans trouble de l'éclat de sa nouvelle situation. Il y a deux ou trois mois d'enchantement pour un jeune auteur qui débute d'une manière brillante ; le plaisir de relire son ouvrage *imprimé*, et les journaux qui en rendent un compte favorable ; celui d'en voir paraître les premières traductions, les lettres flatteuses, les jolis vers que l'on reçoit, les éloges de tous les gens que l'on connaît et que l'on rencontre ; chacune de ces choses a son prix : dans cet instant d'enivrement, le cœur a ses jouissances ainsi que l'amour-propre ; on se flatte d'avoir acquis de nouveaux droits pour être aimé ; on pense honorer l'amitié, justifier l'amour ; et si l'on a fait un ouvrage touchant et moral, on croit avoir obtenu l'estime de toutes les femmes sensibles et vertueuses ; on compte sur la bienveillance et même sur la reconnaissance de tous les lecteurs dont le suffrage est désirable. Voilà les charmes et les illusions d'une célébrité naissante ; ne les envions point à la femme auteur qui en jouit, on les lui fera payer cher dans la suite. Natalie entrevit bientôt que la réputation d'auteur n'est pas sans inconvénients. Elle finit par trouver ennuyeux et ridicule que personne ne pût l'aborder sans se croire obligé de lui parler de son ouvrage : elle remarqua sur plusieurs visages une expression qui lui déplut ; elle s'aperçut qu'on n'avait plus la même bienveillance pour elle, et que, loin d'avoir elle-même dans la société le même agrément, elle y portait presque toujours une sorte de contrainte. Les gens d'esprit voulaient l'engager dans un genre de conversation qu'elle n'aimait pas, les dissertations sentimentales et les discussions littéraires ; les ignorants timides la craignaient, les sots présomptueux et confiants étaient avec elle mille fois plus sots et plus insupportables qu'avec une autre, parce qu'elle leur inspirait le désir de briller et de montrer de l'esprit : mais ce qui lui fit infiniment plus de peine que tout cela fut le changement singulier qu'elle remarqua dans les manières et dans la conduite de Germeuil. Elle avait eu jusqu'à cette époque, sans y prétendre, un suprême ascendant sur son esprit, et maintenant Germeuil, loin de montrer la même déférence à ses opinions, affectait de la contredire avec opiniâtreté dans tout ce qu'elle disait : il avait bien voulu précédemment céder tout à l'esprit qu'il lui reconnaissait ; il ne voulait rien accorder à sa réputation ; il craignait, et d'augmenter sa vanité, et de jouer avec elle un rôle subalterne aux yeux des autres : celui qui avait fait gloire de se laisser subjuguer par ses grâces aurait rougi de l'être par la supériorité de son esprit. Germeuil croyait enfin, en lui disputant cet empire, rétablir entre elle et lui l'égalité qui n'existait plus. Il se plaisait à lui dire de mille manières des choses peu obligeantes, tantôt sous le voile de la plaisanterie, tantôt avec le ton hypocrite d'un intérêt simulé, et quelquefois avec une aigreur qu'il ne pouvait cacher. Ce fut ainsi qu'il l'avertit qu'en général les femmes n'étaient pas favorablement disposées pour elle, depuis la publication de son ouvrage. « Cependant, dit Natalie, cette action n'a point fait tort à mon sexe.

— Au contraire, reprit Germeuil, elle lui fait honneur ; mais il n'y a point d'*esprit de corps* parmi les femmes, et cela doit être. Formées, par leur sensibilité, pour avoir une existence plus intéressante et moins égoïste que la nôtre, la gloire, à moins d'exceptions très rares, au lieu d'être pour elles une possession personnelle, n'est presque toujours qu'un bien relatif. Elles la trouvent dans les actions d'un père, d'un fils, d'un époux ; elles l'empruntent et ne la donnent pas ; et les lois, en cela, sont d'accord avec la nature ; n'est-il pas juste que la gloire appartienne en propre à celui qui peut seul transmettre son nom et le laisser en héritage ? »

Natalie écoutait ces discours avec un extrême étonnement ; elle ne reconnaissait plus ce Germeuil qu'elle avait vu peu de mois auparavant si doux, si soumis, si flatteur ; car la flatterie la plus outrée est le langage naturel de l'amour ; langage séduisant, parce que, malgré son exagération, il est employé de bonne foi. L'amant qui, tête à tête, commence à parler raisonnablement, bientôt ne sera plus qu'un ami. Cependant Germeuil aimait encore Natalie ; il était avec elle comme on est avec les enfants que l'on craint de gâter en les louant en leur présence, mais dont on fait l'éloge avec plaisir quand ils sont absents. Loin de ses yeux, il recevait sa part des louanges qu'on lui donnait, et il s'offensait des critiques. Il prenait même de l'éloignement pour les femmes qui enviaient Natalie (Mélanide était de ce nombre) ; il trouvait une satisfaction secrète à les dévoiler en leur parlant de Natalie avec admiration : c'est un moyen sûr de démasquer les envieux ; ils n'ont point encore trouvé l'art de dissimuler, dans ce cas, le malaise et le dépit qu'ils éprouvent. S'il s'agit d'un ouvrage qui fait du bruit, les uns disent qu'ils ne l'ont point encore lu, ou qu'ils ne l'ont point achevé, et alors on *suspend* son jugement : les autres font l'effort pénible d'en louer quelques passages, mais laconiquement et avec les expressions les plus compassées et les plus froides. Souvent, pour le rabaisser, ils le comparent à un autre ouvrage qu'ils lui préfèrent, et communément le parallèle est ridicule ; quelquefois ils s'extasient sur le mérite d'un auteur qui n'existe plus, dans l'intention de dépriser l'auteur vivant dont on s'occupe. D'autres enfin, moins mesurés, prennent le ton de la plaisanterie et d'une ironie amère, pour en dire du mal, ou bien le critiquent et le déchirent ouvertement, et tous évitent d'en parler, ou tâchent de changer de conversation quand on en fait l'éloge.

Trois mois venaient de s'écouler depuis que Natalie était auteur, lorsqu'elle fit paraître son second ouvrage ; il se débita, ainsi que le premier, dans le court espace de quelques jours. On le lut avec la même avidité, on le traduisit avec le même empressement ; mais, pour cette fois, les journalistes n'eurent pas *la galanterie* qui avait inspiré tant de reconnaissance à Natalie. Plusieurs d'entre eux rendirent le compte le plus malveillant et le plus infidèle de cet ouvrage : ils attribuèrent faussement à l'auteur des intentions malignes qu'elle n'avait jamais eues. Ne pouvant à leur gré déprécier l'ouvrage, ils tâchèrent d'en noircir l'auteur, et ils remplirent leurs extraits de personnalités injurieuses et de traits calomnieux dirigés contre elle. Parmi ces journalistes, on remarquait surtout un homme de lettres nommé Surval, qui, d'admirateur *passionné* de Natalie, était subitement devenu l'un de ses ardents détracteurs. Natalie venait de se brouiller avec lui, parce qu'elle lui avait trouvé des *prétentions* ridicules. Natalie fut étrangement surprise d'être traitée ainsi, non de Surval, mais des autres journalistes qu'elle ne connaissait pas du tout. « Qu'ai-je donc fait, disait-elle, pour inspirer tant de haine, et à des gens qui n'ont jamais reçu de moi la plus légère offense ?… » Natalie se trompait en supposant de tels sentiments à ces littérateurs. Ils ne la haïssaient point, on les faisait parler ; et même plusieurs d'entre eux ne firent que prêter leurs noms à des personnes de la société qui avaient composé ces extraits.

Dorothée fut si indignée de celui de Surval, qu'elle ne put s'empêcher de lui écrire à ce sujet. Sa lettre était honnête et mesurée, néanmoins elle contenait tous les reproches que l'on peut faire à un homme qui méprise assez les bienséances pour manquer publiquement aux égards qu'une femme est en droit d'attendre de lui. Dorothée avait caché cette démarche à sa sœur ; mais étant tête à tête avec elle, on lui apporta la réponse de Surval. Natalie connaissait son écriture, elle voulut voir cette lettre, que Dorothée fut obligée de lui montrer, et qui contenait ce qui suit :

« J'en conviens avec vous, madame ; quoique les lois antiques de la chevalerie soient abolies, les sentiments qui les dictèrent doivent subsister encore dans tous les cœurs des Français généreux : oui, madame, je regarderai toujours comme un devoir sacré, d'employer la force à soutenir, à protéger la faiblesse, à défendre, à venger la beauté timide qu'on opprime ou qu'on accuse, et qui, trop modeste pour répondre elle-même en public, n'ose élever sa douce et séduisante voix pour se justifier. Voilà les êtres intéressants qui réclament nos secours, et qui doivent compter sur notre dévouement. Mais qu'a de commun avec ces femmes que la pudeur rend si craintives, *celle* dont vous auriez voulu, dites-vous, me voir le défenseur ? La brillante, la célèbre Natalie est entrée avec tant d'éclat et d'assurance dans l'arène où les prix se disputent à la face de l'univers !... N'a-t-elle pas des armes supérieures à celles que je pourrais employer pour la défendre ? Les héros les plus renommés ont-ils cru faire une lâcheté en attaquant des Amazones ? et Clorinde et Bradamante[1] eurent-elles jamais des chevaliers ?

« Qui prétend à la gloire s'engage à combattre ; aussitôt qu'on est entré dans la carrière littéraire, on ne marche plus qu'avec des ri-

---

1. Héroïnes guerrières, l'une de la *Jérusalem délivrée* du Tasse, l'autre du *Roland furieux* de l'Arioste. Elles sont habituellement évoquées lors ces débats sur le rôle des femmes dans la société.

vaux qui s'élancent tous vers le même but, et l'honneur, dans cette lice périlleuse, n'impose aux concurrents qu'une seule loi, celle de ne point porter des coups dans l'ombre ; dès qu'on se montre et qu'on se nomme, l'attaque est toujours légitime, ou du moins elle n'est jamais déshonorante.

« Daignez songer, madame, que j'ai signé l'extrait qui vous irrite ; je pense qu'il a pu vous déplaire, et je m'en afflige ; mais, sous tout autre rapport, je n'ai point à me reprocher d'avoir manqué aux égards infinis que tout homme bien né doit aux femmes qui vous ressemblent.

« Je suis avec respect, madame, etc. »

« Eh bien ! dit en souriant Natalie, avec du courage on peut se passer de *protecteurs*, avec de la modération et de la véritable philosophie, on se dispense de combattre ; je ne suis point une *Amazone*, et certainement Surval ne sera jamais un *Alcide*[1] ; je profiterai des critiques raisonnables, je ne répondrai point aux satires. Je poursuivrai avec calme, persévérance et fermeté, ce que j'ai commencé. L'injustice et la calomnie ne

1. Autre nom d'Hercule qui s'était notamment illustré en combattant les Amazones.

pourront ni m'abattre ni me décourager ; je tâcherai même de me les rendre utiles, je veux qu'elles servent à former, à fortifier mon caractère, à me donner la patience qui préserve de l'humeur, l'élévation qui fait dédaigner la vengeance, et la constance qui finit par triompher de tout.

— Vous me charmez, s'écria Dorothée, ces résolutions sages et généreuses vous épargneront une partie des malheurs que je craignais pour vous. Maintenant il ne faut plus regarder en arrière, il faut marcher d'un pas égal dans le champ semé d'épines où vous venez d'entrer. Du moins l'envie et la méchanceté ne pourront vous reprocher de corrompre la jeunesse par vos écrits, ou d'avoir souillé votre plume par d'indignes représailles, en cherchant à noircir le caractère et la réputation de vos ennemis. En critiquant vos ouvrages, on ne vous accusera ni d'être plagiaire, ni d'écrire ridiculement ; on ne citera jamais de vous un *galimatias*, une seule phrase inintelligible, des pensées fausses, ou renfermant de mauvais principes. Qu'importe, d'ailleurs, tout ce qu'on pourra dire contre votre esprit ou vos talents !… »

L'aimable, la parfaite Dorothée, loin de revenir sur le passé, ne s'occupait que du soin de fortifier sa sœur pour l'avenir ; elle ne répétait point, comme tant d'autres eussent fait à sa place : « Je vous l'avais bien dit ; je vous l'avais prédit » ; elle ne faisait jamais de reproches inutiles.

Natalie, après avoir lu tous les journaux, crut être quitte, pour cette fois, des attaques de la malignité ; mais il parut tout à coup deux ou trois libelles anonymes, dans lesquels elle était calomniée de la manière la plus absurde et la plus noire. Au milieu de ce déchaînement, la conduite de Germeuil avec Natalie fut bien différente de celle de Dorothée. Il eut presque l'air de triompher en lisant les extraits satiriques ; mais les libelles lui causèrent une colère et une tristesse extrêmes : c'était attacher à des calomnies extravagantes une importance qui avait quelque chose d'offensant pour Natalie ; tous ces traits envenimés, lancés contre elle, achevèrent presque entièrement d'anéantir l'amour dans le cœur de Germeuil. Natalie n'était pas noircie à ses yeux, mais son nom était profané par la méchanceté ; et l'amour est un sentiment si bizarre et si délicat, qu'il peut s'altérer pour beaucoup moins. Germeuil devint sombre, rêveur, capricieux, et Natalie mécontente.

On était au mois d'avril, et le 25 de mai Germeuil devait épouser Natalie ; depuis qu'il était refroidi pour elle, il s'occupait davantage de son avancement et de sa fortune ; il sollicitait à la cour une grâce importante, et dans ce moment le frère de Mélanide fut élevé au ministère. Germeuil, qui s'était aperçu depuis longtemps des dispositions secrètes de Mélanide à son égard, résolut d'en tirer parti dans cette occasion. Il n'avait jamais été chez elle ; il s'y fit présenter, et le fruit de cette démarche fut d'obtenir, peu de jours après, une promesse positive du ministre. Natalie fut très blessée de cette conduite ; elle ne dissimula point à Germeuil qu'elle était affligée qu'il eût formé une liaison d'amitié et de reconnaissance avec une femme qu'il n'estimait pas, et qui était l'ennemie déclarée de celle qu'il aimait. Germeuil répondit sèchement que Natalie avait aussi formé des liaisons nouvelles qui lui déplaisaient, et qu'il n'en demandait point le sacrifice.

« Demandez-le, reprit Natalie, et vous l'obtiendrez.

— Vous auriez de la peine à vous débarrasser du marquis de C***.

— Est-ce lui qui vous déplaît ?

— Je le trouve ennuyeux et pédant.

— Vous n'aimez pas que les gens du monde soient de l'académie.

— Ni auteurs.

— Ce mot n'est-il pas un peu dur ?

— Sans doute, si vous le trouvez ; mais je vous jure que dans ce moment je ne pensais point à vous.

— C'est bien pis ! j'aimerais mieux de vous une brusquerie qu'un oubli. Revenons au marquis de C***, voulez-vous que je cesse de le voir ?

— Gardez-vous-en bien.

— Pourquoi ?

— Parce qu'il est amoureux de vous, et si vous le bannissiez, il se vengerait par une satire ; c'est une chose que vous avez éprouvée déjà. Les beaux esprits sont des adorateurs très dangereux ; ils commencent d'abord par faire de jolis vers ; mais, dès qu'ils ont perdu l'espérance, ils font ou font faire des libelles.

— Tout homme de lettres, malheureux en amour, fait des libelles ! voilà une belle sentence et un jugement bien équitable ! Vous déclamez sans cesse contre les pauvres auteurs ; moi, je ne fais point d'épigrammes, mais je sais observer ; et j'ai remarqué qu'en général les gens du monde qui n'ont cultivé ni leur esprit ni leur mémoire éprouvent une aversion naturelle pour tous les gens de lettres, qu'ils appellent, par dérision, des *beaux esprits*. Ces derniers ont plus de justice et d'indulgence ; ils conviennent qu'on peut avoir un esprit et un mérite supérieurs, sans être *auteur*, et même ils ne se moquent de l'ignorance que lorsqu'elle est envieuse et dénigrante. »

Cette réponse blessa profondément l'amour-propre de Germeuil, et c'est ce qui se pardonne beaucoup moins en amour qu'en amitié. Depuis six semaines surtout leurs entretiens finissaient presque toujours ainsi, par des traits piquants et malins, présage presque certain, entre les amants, d'une prochaine rupture.

Cependant ces deux personnes, mécontentes, refroidies, aigries, s'aimaient encore assez pour n'avoir jamais eu d'idée de rompre leurs engagements ; et l'approche du jour qui devait les unir sembla ranimer leurs premiers sentiments. Aussitôt que *l'anniversaire* de la mort de madame de Nangis fut passé, Natalie et Germeuil firent part à leurs parents et à leurs amis de leur union projetée, en annonçant qu'ils se marieraient dans quinze jours ; et ils partirent aussitôt pour aller s'établir dans la maison de campagne de Dorothée, où la noce devait se faire. Mélanide fut outrée en apprenant cette nouvelle ; elle s'était persuadée que Germeuil n'avait eu pour Natalie qu'un goût passager ; d'ailleurs, Germeuil, en allant chez Mélanide par une vue d'ambition, avait déployé avec elle tous ses moyens de plaire ; et ce qu'on appelle *la grâce* dans les hommes avec les femmes est toujours jointe à la tromperie, quand la femme à laquelle ils veulent plaire est crédule et vaine. Mélanide, comme toutes les femmes galantes qui manquent de beauté ou qui ne sont plus jeunes, était intrigante ; elle regardait l'intrigue, sinon comme un art de séduction, du moins comme un moyen d'attacher un amant, et elle pensait qu'un service rendu devait enchaîner et fixer l'amour. Aussitôt qu'elle apprit que Germeuil allait épouser Natalie, elle se crut trahie, parce qu'elle était déçue dans ses espérances ; animée du plus violent ressentiment, elle vole à Versailles, et fait révoquer la promesse qu'elle avait obtenue de son frère. Il est si facile à la cour de détruire en peu d'instants ce qu'on a fait ! La place fut sur-le-champ donnée à un autre. Germeuil le sut le lendemain, et sa colère égala sa surprise. En même temps il imagina que Natalie triompherait de ce résultat de sa liaison avec Mélanide, et cette idée lui donna contre Natalie une humeur extrême, qui fut surtout choquante dans un moment où l'on faisait les préparatifs de ses noces, et où Natalie lui montrait plus de tendresse que jamais.

Natalie aimait la danse, et tous les jours, avant le souper, on dansait une heure ou deux. À l'un de ces petits bals, Natalie cassa, en dansant, la chaîne d'or du médaillon qu'elle tenait de madame de Nangis, et qui renfermait le portrait de Germeuil. Ce médaillon, qu'elle portait toujours soigneusement caché dans son sein, s'échappa dans le mouvement de la danse, et, glissant sous son mouchoir, il tomba à terre. Son danseur s'empressa de le ramasser et le lui rendit. Natalie, en le recevant, s'écria de premier mouvement : « Ah ! donnez, ce médaillon m'est si cher !... » Germeuil, à deux pas derrière elle, entendit ces paroles et en fut très frappé. Il n'avait donné à Natalie qu'un bracelet de ses cheveux ; quel était donc ce médaillon si *précieux* qu'elle portait sans le montrer, et dont elle n'avait jamais parlé ? Ce n'était point le portrait de Dorothée qu'il lui connaissait dans des tablettes, qu'était-ce donc ?... Germeuil résolut de le demander à Natalie, et dans la mauvaise disposition d'humeur où il se trouvait, il fit cette question d'un ton sec qui déplut à Natalie ; cependant elle répondit simplement que c'était un gage d'amitié qu'elle portait depuis un an. « *D'amitié !* reprit Germeuil, et avec ce mystère, cela est singulier.

— Du moins, dit Natalie, cela n'est pas *inquiétant* pour vous.

— Est-ce un portrait ?

— Oui.

— De Dorothée, sans doute ?

— Non.

— De quelle autre femme est-il donc ?

— Il n'est point d'une femme.

— Quel est donc ce portrait ?... »

À cette dernière question Natalie rêva sans répondre.

« Eh bien ? reprit Germeuil.

— Dispensez-moi de vous le dire, repartit Natalie.

— Vous ne l'imaginez pas, dit Germeuil avec émotion.

— Pourquoi ? vous ne pouvez avoir que de la curiosité ; il est impossible que vous ayez de la jalousie ?

— Puis-je renoncer à votre confiance ? »

Ici, Natalie réfléchit encore un moment ; ensuite, regardant fixement Germeuil : « Eh bien ! dit-elle, je vais connaître si j'ai la vôtre. Je consens à vous dire la vérité ; ce portrait est le vôtre ; mais il faut m'en croire sur ma parole ; je ne veux point vous le montrer.

— C'est mon portrait, reprit Germeuil avec un sourire ironique ; vous avouerez que, dans ce cas, la *vérité* a peu de vraisemblance.

— Mais, quand je l'affirme, vous *m'avouerez* que le plus léger doute de votre part serait à la fois un outrage et une absurdité.

— Mais pourquoi refuser de me montrer *mon portrait* ? Je ne vous ai jamais vu de caprice, et celui-ci serait étrange.

— Vous me soupçonnez donc d'artifice ?

— Oh ! ce n'est pas un soupçon.

— Fort bien. Si ce portrait n'est pas le vôtre, c'est un mensonge que je fais pour cacher une intrigue. Ainsi donc, à la veille de vous épouser, j'aurais un autre amant ? Voilà ce que vous pensez ?

— Non ; mais je suis certain qu'il y a en ceci un mystère que vous voulez me cacher.

— Oui, mais je n'emploie nul artifice, et je vous dis la vérité.

— Un mystère avec ce qu'on aime est un crime.

— Cette maxime est fausse, et ce qui se passe entre nous en ce moment en est la preuve.

— Finissons cette discussion, elle m'afflige autant qu'elle me surprend. Je vais, moi, vous parler sans mystère et sans détour. Si vous refusez de me montrer ce médaillon, je croirai que c'est uniquement dans le dessein de m'irriter, afin de rompre avec moi.

— Si je ne vous aimais plus, aurais-je besoin d'un prétexte ? Ne suis-je pas libre encore ?

— Enfin, refusez-vous de me satisfaire ?

— Et vous, refuseriez-vous de me croire sur ma parole ?

— L'amour ne saurait donner une crédulité ridicule.

— L'estime donnerait celle que j'exige de vous.

— Si vous m'aimez encore, vous me montrerez ce portrait.

— Écoutez-moi, Germeuil ; depuis trois mois votre humeur, vos inégalités, et souvent votre froideur ne m'ont que trop fait connaître que votre cœur n'est plus le même pour moi. Au reste, dans l'union que nous allons former, l'amour n'est pas nécessaire ; mais on ne peut s'y passer d'une parfaite estime. Donnez-moi donc de la vôtre la preuve que je vous demande. Daignez me croire ce soir ; et demain je vous expliquerai ce qui vous étonne.

— Demain il ne serait plus temps, je ne vous croirais plus. Il faut que je voie ce portrait avant de sortir d'ici.

— Est-ce là votre dernier mot ?

— Oui, je vous l'avoue franchement.

— Eh bien ! voici le mien. Si vous persistez dans cette idée, je vais vous montrer ce médaillon ; mais je ne vous reverrai de ma vie.

— Cette menace confirme tous mes soupçons.

— Pensez-y bien, il en est temps encore.

— Non, madame, mes réflexions sont faites ; vous vous êtes engagée à me montrer ce portrait qui, dites-vous, est le mien, et je ne vous quitterai pas que vous n'ayez tenu votre parole.

— Vous êtes donc décidé à renoncer à moi.

— Je suis décidé à voir ce médaillon. » À ces mots, Natalie, indignée, resta un instant sans parler. « Est-ce donc ainsi, reprit Germeuil, que vous tenez vos promesses ?

— Je les tiendrai, répondit Natalie, je vais vous éclaircir et vous confondre. Tenez, monsieur, le voilà ce portrait ; il doit exciter dans votre âme un double remords ; j'ai voulu vous épargner un souvenir douloureux, j'ai voulu obtenir de vous une marque de confiance que vous deviez à mon caractère, à ma conduite, à mes sentiments ; vous m'avez méconnue, vous m'avez outragée, vous avez rompu tous les liens qui nous unissaient. »

À ces mots, Natalie ne put retenir ses larmes ; il eût été bien facile à Germeuil d'obtenir sa grâce dans ce moment ; mais il montra plus de confusion que de sensibilité : son amour-propre souffrait beaucoup plus que son cœur ; il ne dit rien de ce qu'il devait dire ; les pleurs de Natalie se séchèrent ; ils se quittèrent brouillés sans retour. Cependant Germeuil, le lendemain et les jours suivants, fit tout ce qu'il fallait faire pour donner à Natalie l'air de l'*inflexibilité* aux yeux des indifférents ; mais il ne fit rien pour regagner véritablement un cœur si profondément blessé. Les simples spectateurs sont toujours de mauvais juges des querelles de sentiments ; car ils donnent raison à celui qui se possède assez pour ne pas manquer à aucune *forme* de procédés ; c'est ainsi que se conduit celui qui aime le moins, et voilà le vrai coupable. Germeuil intéressa tout le monde : on accusa de caprice et d'insensibilité Natalie, et néanmoins elle fut la seule à plaindre ; elle aimait toujours, elle aima longtemps. L'inconstant Germeuil se livra tout entier à l'ambition ; c'est la seule passion qui puisse fixer les hommes blasés et les cœurs froids.

Ce fut six semaines après que survint la révolution ; Germeuil presque aussitôt quitta la France. Natalie ne passa dans les pays étrangers qu'au bout de dix-huit mois. Ce fut alors qu'elle connut tous les inconvénients de la célébrité. Quand on est au sein de sa famille et qu'on a de la fortune, il est facile de mépriser des libelles ; mais quand on est dépouillé de tout, quand on cherche un asile, et qu'on n'a plus d'autre ressource que celle d'un travail qui demande surtout une parfaite tranquillité d'esprit, il faut de la force d'âme pour ne se laisser ni abattre, ni décourager par la méchanceté, et pour se préserver de l'aigreur et de la misanthropie que l'injustice et le malheur pourraient aisément donner dans une telle situation. Natalie eut ce courage. Uniquement livrée à ses travaux littéraires, elle trouva dans l'étude et dans les beaux-arts une source inépuisable de consolations. Dorothée, émigrée comme elle, fut beaucoup plus paisible durant le temps de son expatriation ; elle n'avait point d'ennemis ; elle fut plus tôt rappelée en France, y recouvra sa fortune, et fit rentrer Natalie. Cette dernière, qui n'avait aucune connaissance des affaires, n'obtint point de restitution, et perdit sans retour tout son bien. Elle retrouva dans son pays quelques amis, beaucoup d'ingrats et plusieurs ennemis ; elle ne se plaignit point, elle se dit : « C'est ma faute, que n'ai-je suivi l'exemple et les conseils de ma sœur ! » Germeuil, qui devait son retour aux intrigues de Mélanide, l'épousa par reconnaissance, et surtout pour rétablir ses affaires.

Dorothée fut toujours, dans tous les temps, plus heureuse que sa sœur, parce qu'elle eut une prudence parfaite et une raison supérieure ; elle n'eut point de renommée ; ses aventures ne furent point romanesques ; elle n'inspira point de grandes passions, on l'aima sans emportement, mais avec constance ; son nom, inconnu dans les pays étrangers, ne fut jamais prononcé dans le sien qu'avec estime et vénération ; elle fut utile à ses amis, elle fit le bonheur de sa famille ; tout cela vaut bien un roman : et cette félicité si pure vaut bien la *célébrité* d'une femme auteur.

APPENDICES

Éléments biographiques

1746. Le 21 janvier, naissance à Champcéry, près d'Autun, de Caroline-Stéphanie-Félicité Du Crest de Saint-Aubin.

1763. À dix-sept ans, elle épouse secrètement Charles-Alexis Brûlart, comte de Genlis, futur marquis de Sillery, d'une riche et illustre famille champenoise. Il a vingt-six ans. Elle en aura trois enfants.

1772. Mme de Genlis entre comme dame d'honneur au service de la femme du duc de Chartres, futur duc d'Orléans. Elle réside au Palais-Royal et devient la maîtresse du duc.

1776. Mme de Genlis, de retour d'Italie, rend visite à Voltaire à Ferney. Elle en donne dans ses *Mémoires* un récit piquant, ainsi que de sa rencontre avec Rousseau quelque douze ans auparavant.

1777. Mme de Genlis s'installe dans un pavillon proche du couvent de Bellechasse, avec les jumelles du duc de Chartres et ses propres filles (son fils est décédé enfant) — « j'avais un tel goût pour la culture des arts et pour l'étude, dira-t-elle dans ses *Mémoires*, que cette résolution ne me coûtait rien ». Elle se propose de leur donner un enseignement original, inspiré en partie de l'*Émile* de Rousseau. Se joindront ensuite à eux deux jeunes orphelines anglaises, Pamela et Hermine, ainsi qu'une de ses nièces et un de ses neveux. Le château de Saint-Leu sert à la petite troupe de résidence d'été.

1779. Publication du *Théâtre à l'usage des jeunes personnes*. Le succès est immédiat. Grimm salue l'ouvrage dans sa *Correspondance*.

1782. Publication d'*Adèle et Théodore ou Lettres sur l'éducation*. Le roman connaît un succès considérable ; il est aussitôt traduit en anglais, en espagnol et en allemand. Toutefois, des chansons grivoises circulent à l'encontre de Mme de Genlis et de ses prétentions pédagogiques ; on raille sa pruderie et on l'accuse de plagiat. Quelques mois plus tard, elle est officiellement nommée « gouverneur » des enfants d'Orléans (aux deux filles s'ajoutent le futur Louis-Philippe et son frère), charge qu'elle abandonnera en 1791. Cette nomination fait scandale. « Je suis Monsieur dans le lycée/Et Madame dans le boudoir », plaisante, avec bien d'autres, Grimod de La Reynière. L'année suivante, Mme de Genlis fait exécuter pour ses élèves une série de maquettes à partir des planches de l'*Encyclopédie* (elles sont exposées au musée des Arts et Métiers à Paris).

1789. D'abord favorable aux idées révolutionnaires, Mme de Genlis conduit à la Bastille les enfants dont elle a la charge ; ils assistent à la démolition de la célèbre prison, emblème de l'arbitraire royal.

1793. Après un séjour en Angleterre puis en Belgique l'année précédente, Mme de Genlis gagne l'Allemagne puis la Suisse où elle se sépare bientôt des enfants d'Orléans. Philippe-Égalité est guillotiné en novembre ainsi que le comte de Genlis qui a refusé de voter la mort du roi.

1794-1800. À Hambourg, à Altona, à Berlin, puis à Londres, Mme de Genlis vit de sa plume et déploie une remarquable activité de femme de lettres. Elle fait paraître nombre d'ouvrages, parmi lesquels *Les Petits Émigrés, Les Vœux téméraires, Les Mères rivales*. En butte à des attaques répétées, elle publie un *Précis de ma conduite pendant la Révolution*.

1800. En juillet, retour à Paris avec un jeune musicien allemand qu'elle a adopté, Casimir Baecker. Elle obtient un logement à la bibliothèque de l'Arsenal en 1801 et une pension en 1804 en échange d'observations adressées à l'empereur par courrier. Elle continue d'écrire romans, nouvelles et essais, de faire de la musique et de s'occuper de l'instruction de jeunes gens. Pendant les dix ans qui suivront elle publiera notamment *Mademoiselle de Clermont, Alphonsine ou La tendresse maternelle, Alphonse ou Le fils naturel, La Maison rustique, La Botanique historique et littéraire* ainsi que des « biographies », dont *La Duchesse de La Vallière* et *Madame de Maintenon*.

1815. Ralliée aux Bourbons, à peu près ruinée, Mme de Genlis obtient une pension de la famille d'Orléans. Talleyrand lui achète une caisse de manuscrits et de papiers divers. Peu de temps auparavant, elle a vendu au roi Jérôme de Westphalie un herbier de sa main, peint à la gouache.

1816. Publication des *Battuécas*, roman utopique et sentimental qui fera notamment les délices de George Sand.

1825. Mme de Genlis publie ses *Mémoires* en 10 volumes, saisissant tableau de la grande aristocratie avant la Révolution, puis pendant l'émigration, l'Empire et la Restauration. « Je m'applaudis d'être le premier auteur qui ait donné l'utile exemple de publier ses Mémoires de son vivant ; j'ai eu quelque mérite à prendre cette résolution (…) ; je croyais que l'on répéterait qu'*il ne faut pas se mettre en scène*, qu'*une femme surtout doit éviter l'éclat*, etc., etc. », écrit-elle dans la préface.

1830. Le 31 décembre, Mme de Genlis meurt à Paris à l'âge de quatre-vingt-quatre ans. Elle laisse une œuvre très considérable comportant cent quarante volumes environ de romans, nouvelles, contes, poésies, pièces de théâtre de société, manuels et essais sur toutes sortes de sujets ainsi qu'une importante correspondance. Seule une infime quantité de cette production, dont certains romans remarquables, est actuellement disponible. Aucune de ses compositions musicales ne semble avoir été conservée.

Repères bibliographiques

Œuvres de Mme de Genlis

Adèle et Théodore ou Lettres sur l'éducation, éd. Isabelle Brouard-Arends, Rennes, Presses universitaires de Rennes, 2006.

De l'esprit des étiquettes de l'ancienne cour et des usages du monde de ce temps, éd. Chantal Thomas, Paris, Mercure de France, « Le Petit Mercure », 1996 [sélection de brefs extraits].

Mademoiselle de Clermont de Mme de Genlis/*Édouard* de Mme de Duras, éd. Gérard Gengembre, Paris, Éd. Autrement, 1994.

Mémoires, éd. Didier Masseau, Paris, Mercure de France, « Le temps retrouvé », 2004 [sélection d'extraits accompagnés de notes].

The unpublished correspondence of Mme de Genlis and Margaret Chinnery, ed. by Denise Yim, Oxford, Voltaire Foundation, 2003.

Ouvrages généraux

Broglie Gabriel de, *Madame de Genlis*, Paris, Perrin, 1985.

Laborde Alice Madeleine, *L'Œuvre de Madame de Genlis*, Paris, Nizet, 1966.

Plagnol-Diéval, Marie-Emmanuelle, « Madame de Genlis », in *Bibliographie des écrivains français*, Paris-Rome, Memini, 1996.

*Tous les papiers utilisés pour les ouvrages
des collections Folio sont certifiés
et proviennent de forêts gérées durablement.*

*Composition Nord Compo
Impression Novoprint
à Barcelone, le 5 avril 2022
Dépôt légal : avril 2022
1er dépôt légal dans la collection : janvier 2007*

ISBN 978-2-07-034166-5 / Imprimé en Espagne

541269